迷い蛍

日本橋物語2

森 真沙子

時代小説

二見時代小説文庫

目次

迷い蛍——日本橋物語2

一の話　猫名人

1

薄暗い蔵から出ると、まばゆい春の光がどっと襲いかかる。

えー、さくらそうやー、さくらそう……と花売りの声が路地裏を縫っていく。

鼈甲《べっこう》細工屋、蠟燭《ろうそく》問屋、足袋《たび》問屋などが賑やかに軒を並べるこの日本橋式部小路も、一歩裏に入ると、塀と奥蔵が続き、ところどころに小さな裏木戸があるだけで、ひどく淋しい。

蜻蛉《かげろう》屋の裏庭はその路地に沿っており、両隣りの土蔵にさえぎられて、冬の間はまったく陽が射さない。日差しが届き始めるのは彼岸が近づく頃からで、それを合図のように、植え込みの椿や沈丁花がいっせいに花開く。

やっと戻ったお日様が嬉しくて、お瑛《えい》は桜草を池の端に植えようと考えていた。だが今は、花売りどころではない。

「市《いち》さん、市さん……」

お瑛が番頭の名を呼びつつ店に出ていくと、おや、どうしなすったと振り返ったのは、岡っ引きの岩蔵《いわぞう》親分である。

お瑛は思わず、黄八丈の袷《あわせ》の襟をかきあわせた。

「猫が蔵に入っちゃって……」

「猫が、蔵にね」

相手の目線を追って思わず髷《まげ》に手を当てると、結いたての粋な潰し島田から、蜘蛛の巣がべったりと粘ってきた。

「猫って、どの猫です」

番頭の市兵衛《いちべえ》が、手拭いを差し出して言った。

「ほら、あの蓬《よもぎ》色の太ったオス猫……」

草木染めの反物《たんもの》の在庫を調べるため蔵に入ったのだが、出る時、入れ違いに猫が入り込んだ。

黒と灰色と茶の段だら模様の野良猫で、遠目に蓬色に見え、両脇に奇妙な渦巻き模様がある。その毛は春の陽を吸ってふかふか膨らみ、いかにも鈍重そうに見えた。ところが追い出そうとすると、これがどうして、驚くほど敏捷に逃げ回る。

躍起になればなるほど、奥に入り込んで始末に負えない。床を這いずり、荷をかき分け、追いかけ回すうち、かれこれ四半刻（三十分）もたってしまった。

いっこうに出て来ないお瑛を不審に思い、どうしました、と下女のお民《たみ》が顔を出した。猫をおびき出すから煮干しを持ってきて、と頼むと、やってきたのはばあやのお初《はつ》だった。

「お嬢様、何をお為《し》ですか」

腰をかがめて蔵の奥を覗きこむその襟足から、背中のお灸のあとが見え、膏薬の匂いがぷんと匂った。

「まあ、猫ですか、だから言ってるでしょうが、野良に餌をやっちゃいけませんて」

三年前に飼い猫が死んでからは、一度も猫を飼っていない。隣り近所で猫が子を生むたび、飼ってほしいと頼まれるが、継母のお豊《とよ》が臥せっているのを理由に断り続けた。

だが宿無し猫に餌を与えるため、裏庭にはいつも素性の分からぬ猫どもが、我がもの顔でうろついていた。

「シッ……。ばあやのその塩辛声で、出て来る猫も引っ込んじゃう。早く煮干しを置いて、消えてくれない」

「へッ、今どきの猫が、出がらしの煮干しなんぞに騙《だま》されるもんですか。お嬢様くらいの年の、しぶとい野良ですから」

お瑛は煮干しを引ったくって、荷の隙間にもぐり込んだ。

だが猫は見向きもせず爪を立てて荷をよじ上る。梯子《はしご》を伝って二階に駆け上り、フウッと化け猫まがいの顔で威嚇してくる。

あげくに積み上がった荷の奥にひそんだきり、呼べど叫べど出て来なくなってしまったのだ。

「……ったく、あのバカ猫ったら。誰が餌をやってると思ってんだか」

手拭いで髷を拭いながら、お瑛はぼやいた。

「恩知らずにもほどがあるわ」

「へへ、猫なんざ、恩知らずが毛皮着てるようなもんでさ」

岩蔵親分が黄色い乱杭歯を見せて笑った。

「そもそもね、ああだこうだと構ってやるから、つけあがるんで」

岩蔵は、憎さげに十手《じって》をパシンと掌《てのひら》に打ち付けた。

「放っときゃいいんです。出て来やがったら、薪ざっぽでぶっ叩いてやるこった」

「そんな……」

暇はないわ、の言葉を呑み込んだ。猫が出て来るまで誰が張り込んでるわけ。

「ああ、親分さん、捕り物名人ですよね、ちょっと張り込んでくれません」

朝っぱらからこうして油を売っている親分への、せめてもの皮肉だったが、いっこうにこたえた風もない。

「へへ、あっしの相手は人間さまだけで。あいにく、猫たあソリが合わねえ」

「あら、何だったら合うんです」

「そりゃ、同じ畜生でも、馬や犬の方がはるかに上等でさ」

岩蔵は舌で薄い唇を舐めて言う。

「だいたい猫ってやつぁ、何の役にも立たねえ下等なケモノですぜ。蚤《のみ》は運ぶわ、小便は臭え、さかりがつきゃうるせえ」

「でも、鼠を食べてくれるじゃありませんか」

「それ、そこですわ、おかみさん」

バシリと十手を手に打ち付けた。

「鼠を喰うったって、江戸中の鼠を喰ってくれるわけじゃねえ。せいぜい天井裏やドブを這いずり回り、ご近所のドブネズミを喰らうくらいでさあ。その汚ねえ足で、家に上がってきやがる。猫がすり寄ってくりゃ嬉しがって、頰ずりするわ、寝床に引き入れるわ……。友禅の小夜着《さよぎ》を着せられて、縮緬《ちりめん》の三枚布団に寝てる猫までおりやすよ。猫好きってやつあ、何考えてんだか」

言いまくるその剣幕に、お瑛は呆れてしまった。

よほど猫にひどい目に遭ったことがあるのだろうか、と思わずそのてらてらした顔を見てしまう。

「親分さんにかかっちゃ、猫を可愛がってると、御用になってしまいそう」

「へっへっへ、猫又みてえことを言いなさる。あ、いえ、知り合いにそんなあだ名の猫名人がおりやしてね」

「猫名人？」

「へえ、以前は岡っ引きでしたが、しくじって十手を取り上げられたケチな野郎でさ。そいつときたら、人さまにはぞんざいなくせに、猫には優しい。妙に神通力までありやがる。で、猫の又三郎《またさぶろう》、またの名を猫又と……へへへ。今はついそこの薬種問屋、ほれ、本町三丁目の……ええと日野屋か。あそこにおりまさア」

日野屋と聞くだけで、薬の匂いが鼻先に漂ってくるようだ。

子どもの頃から、咳が出た、痰がからんだといえば、すぐその店の清明丹を買いに走ったものだ。でも、あそこに、そんな人いたっけ、とお瑛は首をひねった。

「何だったら、帰りがけに、ひと声かけておきやしょうか」

「そうして頂けると有り難いわ、それもなるべく早く……」

言いながら、お瑛は一朱銀を紙にくるんでそっと渡した。

去年、水野様の奢侈《しゃし》禁止令が出されて以来、しきりと岡っ引きが見回りにくるようになった。禁令を犯して贅沢品を売っていないか、特定の商品を独占販売していないか、嗅ぎ回るのだ。

あげくにちょっとした落ち度を見つけ出しては、御改革に逆らったの、公方《くぼう》様を侮《あなど》ってるのと、理由をつけて引き立てて行く。

ところが何のことはない、天下国家の番人にしては驚くほど僅かなおひねりで、あっさり退散してくれるのだから有り難い。

「やつが留守だったらおあいにくさま。捕まりゃ、湯が沸く間に飛んできまっさ」

心得たように受け取ると、すばやく袂に隠す。そして蜥蜴《とかげ》の岩蔵の異名さながら、小走りに出て行った。

やがて暖簾を割って、のそりと入ってきたのは、痩せて、材木のように背の高い二十六、七の男だった。

かれが入ってきただけで薬草の香りが漂い、店にたちこめる南禅寺香に混じった。

浅黒い顔を手拭いで半ば覆っているのは、頰から顎にかけて大きな生々しい傷痕があるからだろう。

だがそれを差し引いても、その面長な顔はなかなかの男ぶりを窺わせる。ぎょろりとしているが涼しい目、眉尻の上がった太い眉、引き締まった口もと。

又三郎と名乗ったこの男は、懐手《ふところで》をして立ったまま、お瑛から事情を聞いた。聞き終えると頷いて、煮干しを数本懐に入れ、誰も来ないでくれと言い置いて一人で蔵に入って行った。

出て来たのは、それこそ湯の沸くほどの間だった。

胸にはあのだらだら模様の、日溜まりのようにふかふかした猫を抱いている。蔵の外にいたお瑛は、目を丸くした。猫はゴロゴロと喉を鳴らして心地よさそうに抱かれていたのである。

「ほんとにたいしたものですねえ」

すぐ帰ろうとする又三郎を引き止め、緋毛氈を敷き詰めた上がり框で、お茶と菓子をすすめた。

「ご自分も猫を飼っていなさるんでしょう」

「あ、いや……」

「まあ、飼ってない。でもお好きなのね」

「いえ、特に……」

ぼそぼそと歯切れが悪いのは、歯にも損傷があるからだろう。言葉が不明瞭で、声もくぐもっている。それが茫洋としたかれの印象を、強めていた。

「でもこちらが好かなければ、向こうも好いては……」

「猫ってやつは、そんなわけの分かった動物じゃないすよ。可愛がってやろうと近寄れば、逃げるだけで……」

「じゃ、どうすればいいの？」

「知らんふりするに限ります」

かれはお茶を音をたてて啜って言った。

「自分に向かって来る気配を恐がるんでさ。だから気配を消せばいいんでして」

「気配を消す……」

「たぶん空気の薄いやつが好きなんすよ。おれなんざ自慢じゃないが、ガキの時分からずいぶん猫に好かれましたわ」

「はあ」

煙に巻かれて黙っていると、かれはのっそり立ち上がった。

お瑛はもっと話をしたかった。その風貌は、何か曰《いわ》くありげに見える。猫又と異名を取るくらいだから、猫との因縁話が沢山あるだろう。

だが出口の方へ歩き出した後姿《うしろ》は、放っといてくれ、と言ってるようだ。ぼんやり見送るうち、かれはすたすたと店を出て行った。

「ほら、お民、ぼんやり突っ立ってないで、早く追いかけて」

お瑛は残りの菓子を手早く包み、お民に託した。

2

それから二日後の、春一番の吹く日だった。

強風にのって生暖かい雨が横殴りに吹きつける。ぴたっとやんで雨が上がったかとみるや、またたちまち降り出す。その断続的な繰り返しが何とも落ち着かない。

こんな日は外出したくないが、八丁堀の薬師堂近くの武家屋敷まで、反物を届ける約束があった。じきじきにお瑛が届けて、家にある帯や小物と色合わせをすることで、〝歩く蜻蛉屋〟の評判が立っているのだ。これしきの雨風にひるんでは、せっかくの勇名がすたるというもの。

お瑛は雨用の羽織を身に着け、爪革《つまかわ》をつけた駒下駄を履き、駕籠を呼んで時間どおりに出向いて行った。

まあ、こんな日でなくてよかったのに……と奥方に引き止められ、お茶をふるまわれて話し込むうち雨が上がった。

相変わらず海風が音をたててうなっていたが、帰りは徒歩で海賊橋を渡った。蔵屋敷のそばを抜け、青物市場の横を抜けると、吹きさらしの日本橋である。

橋の真ん中で、強風にあおられ、めくれた裾から真っ白な足を晒して立ちすくむ娘がいた。そのぎょっとするほど白い足を瞼に焼きつけ、小走りで橋を渡った。

帰宅するともう夕方近くで、店はがらんとしていた。

「……春は風が強くて嫌ねえ。裾が乱れて落ち着かないったら」

お瑛はあの白い足を打ち消すように、手早く足袋を履き替えた。

「つい今しがたまでトカゲの親分がいましたよ」

市兵衛がお茶の支度をしながら言った。

「ふふん、こんな日は、あんなトカゲしか出歩かないんだよ。あ、市さん、白湯《さゆ》にしておくれ。お屋敷でとびきり上等なお茶をご馳走になったから……」

「そう言いなさらず。ちょいと耳よりな話を聞きましたよ」

「あ……猫名人のこと？」

勘のいいお瑛は、思わず乗り出した。あの頬に傷のある異形の男は、蜻蛉屋ではこのところ話題の主だったのだ。

「じゃ、お茶にしよ。市さんも一服しておくれ。トカゲが何を喋ったの」

「あの又三郎って人、相対死《あいたいじに》の生き残りだって噂ですぜ」

市兵衛は声を潜めるようにして言う。

「え、ほんと？」

淹《い》れたての熱いお茶を、がぶりと飲みこんだ。

相対死とは心中のこと。〝心中〟は忠義の〝忠〟の字に通じることから、幕府はその言葉の使用を禁じて、そう言い換えさせている。

心中者は不義密通の罪人扱いされ、死んでも死に損なっても、厳罰を受けた。

望みどおりあの世へ行けたとして、その遺骸の埋葬は許されず、裸のままで河原に捨てられ、カラスや野犬の餌になった。

一人だけが生き残れば、相手を殺《あや》めた下手人とされて死罪、遺骸は同じく丸裸で捨てられる。

二人とも死に損なって生き残ったら、これまた悲惨な運命が待っている。晒場《さらし》に並んで座らされ、三日間、見世物にされる。その後は〝非人手下《ひにんてか》〟という、奴隷の身分に落とされるのだ。

生きても死んでも哀れ哀れ。

相対死と聞くだけで、お瑛は今でも身震いがくる。日本橋育ちの者なら誰でも、橋の南詰にある晒場をよく知っていた。

どこぞの情夫《にいさん》と遊女《おいらん》が……とか、どこぞのご新造と手代が……と、大人たちが噂するのを耳にするたび、怖いもの見たさで見に行ったものだ。

黒山の人だかりに囲まれ、好奇の視線を浴び続ける男女は、無残だった。

「こんな別嬪と男前が、何も死ぬこたあなかったに」

そう呟いて、涙を流していたご隠居がいた。

「次は三途《さんず》の川をちゃんと渡れよ」

捨て台詞を残し、銭を投げて行く者もいた。

「よう、男泣かせのいい女、ちったあ下をめくって拝ませろい」

そんな卑猥な野次を飛ばす男も少くなかった。

どんなつらい事情があっても、相対死だけはするもんじゃない。子ども心にそう肝に銘じたから、あれでいい見せしめではあっただろう。

「でも、あの猫又さん、そんな煮詰まった人には見えなかったけどねえ。お相手はどうなったの?」

「そちらも無事でしてね、双方が事故と言い張って、お仕置きは免れたそうです。ただ岩蔵親分によれば相対死だと……」

その時、女客が入って来たので、かれは口を噤《つぐ》む。

ひっつめの銀杏《いちょう》返しに結った、近くの問屋のおかみさんで、何かの祝いのお返し物をしきりに見繕《みつくろ》っていた。お瑛は綺麗な色の巾着をすすめ、客は同じ形のものをあるだけ買って、そそくさと出て行った。

市兵衛はさらに詳しく語る。

又三郎の父親は刀工で、神田鍛冶町に刀鍛冶の店を構え、手広く商いをしていた。

長男次男を病気で失い、望みを三男にかけたが、これが刀嫌いで、いっこうにはかばかしくない。親が叱れば、もう刀の時代ではない、などといっぱし理屈を言っては、のらくら書物を読み、猫をかまっている。

ところが人間、何が幸いするか分からない。たまたま巡回していた定廻り同心に猫扱いの巧《うま》さを見込まれ、近くの武家屋敷に駆り出されたことがある。

屋敷に迷い込んだ野良猫が、家宝の壺を落として割ったのだ。

猫嫌いの老当主は激怒し、伝家の槍を持ち出して追いかけ回したから、猫は逃げ回る。あげくに仏間の梁にひそんで出て来なくなった。

殺してしまえと命じたが、仏間での殺生は縁起が悪い。家人は案じて、誰か猫あしらいの巧い者はいないか、と探している最中だった。

又三郎は屋敷に出向き、猫を見事に捕獲して手柄をたてた。

同心はかれに惚れ込み、張り込みをやらせてみた。するとこれが思いがけない逸材だった。自分の気配を消すことに長《た》けていて、番犬のいる場所でも、吠えられずに忍び込むという。

「その猫又に惚れる女がいたから、世の中広い。三年前に嫁をもらったそうですよ」

花嫁は十八歳、本所の富裕な綿問屋『丸屋』の一人娘だった。

目千両とは、ふつう歌舞伎役者の目もとの美しさを言う言葉だが、その娘も人からそう言われるほどの器量良しだった。

自慢のこの箱入り娘が、降るような縁談を蹴って、しがない岡っ引きを選んだのだから、両親の落胆は大きかった。

二人は幸せな蜜月を過ごしていたかに見えたが、一年たった昨年、突然事件が起こった。

真夜中に、なぜか二人は下谷の御成《おなり》街道を歩いていて、疾駆してくる二騎の早馬の前に抱き合うようにして飛び出し、蹴られたというのである。頬のあの傷は、そのとき馬に蹴られて出来たものだという。

話を聞いていて、お瑛の脳裡に、恐ろしい夜の光景がありありと浮かんだ。

闇の中を疾駆してくる馬、その前に飛び出す二人。その片われがあの猫の又三郎とは。

「……死ぬ気がなくて、馬の前に飛び出すなんて、ちょっと考えられませんやね」

市兵衛のそんな言葉にわれに返る。

「二人で夜更けにふらふら歩いてるのも、変といえば変です。噂じゃ、亭主が無理に引き込んだのだろうと……」

親が娘を取り戻そうとし、何かと画策していたらしい。

妻を奪われるくらいならいっそ……と又三郎が自暴自棄な行動に出たとしても、不思議はない。相対死の沙汰を免れたのも、親が金をばらまいたからだとか。

「さすがの猫名人も、人間には手こずってるのね。で、お相手の娘さん、その後どうなったの」

「その娘……お駒《こま》っていうんですが、両親が療養の名目で連れ去り、遠方に隠しちまったそうですよ」

「お駒……」

お瑛はふと首を傾げた。

何だか聞き覚えがあった。以前、そんな名のお客がいたような気がする。目もとの涼やかな、美人画にしたいような美人なんて、そうざらにいるわけではない
冷めたお茶を啜りながら、店に出入りしていた若い娘たちを思い浮かべるうち、一人の少女の顔をたぐり寄せていた。

お祭りに、よく同じ年頃の娘と連れ立って店を覗きに来た、華やかで愛らしい十四、五の女の子。それがお駒では……。

彼女はそのうち、自分を雇ってほしいと頼みに来たのだ。

色が真っ白で、髪が多く、黒い大きな瞳が印象的だった。蜻蛉屋が好きで、こんな

美しい草木染めの反物に囲まれて、店に立つのが夢だという。

お瑛は、お駒をすっかり気に入って、まずは縁日の三日だけ手伝ってもらうことにしたのである。

ところが約束の日、娘は姿を見せなかった。代わりに来たのは、いつも一緒だった友達のお衣《きぬ》である。お駒ちゃんはお稽古ごとが忙しくて来られない、とお衣は伝言を伝えた。

後で聞いたところでは、親に見つかって監禁されていたらしい。

それ以後、お駒はぱったりと姿を見せていない。

「おかみさん、お駒さんを知っていなさるので?」

茶を啜る手を止めて考え込んでいるお瑛に、市兵衛が言った。

「ええ、そんな名の別嬪さんが、うちのお客さんにいたような気がしてね。市さんの来る前のことだけど」

「へえ、お駒さんが」

「そのお友達が、あの柳井堂《やないどう》のお衣さんなのよ」

お衣は、京橋にある『柳井堂』という京菓子の老舗に嫁ぎ、おかみに収まっている。

今でも日本橋に来るたび、必ず顔を出し、何かと小物を買って帰る。

片や評判の美人、片やおかめ顔だったが、運命は皮肉なものだ。

「でも、まあ、相対死じゃなくて良かったわ。二人とも無事だったんだもの、他人がどうこう言うこともない」

ああ、もうこんな時間……。お瑛は初めて気がついたように立ち上がり、行灯に火を入れた。

「市さん、そろそろ暖簾を下ろしてちょうだい。風にバタバタして落ち着かなくていけない」

3

十六夜《いざよい》橋のたもとにある三体のお地蔵様に、お瑛はこの日も花と水を手向《たむ》けた。手を合わせて祈るのは母のことだ。

義母のお豊の病状は一進一退だった。

だが寝たきりでも即決即答ができ、何かと相談にのってくれるのがせめてもの救いだ。それもこれも、毎日お世話しているお地蔵様のご利益とお瑛は思っている。

立ち上がると、沈丁花のいい匂いが辺りに漂っていた。日差しはひんやりしているが穏やかで、春を肌に感じさせられる。

歩き出そうとした時、ヌッと前に立ちはだかった男がいた。

竦《すく》み上がるほど驚いた。こんな身近に立っていたのなら、お瑛が無心でお地蔵様にぬかづいている間、ずっと背後で観察していたのだろう。

「どなた様……」

後ずさって言いかけて、はっと口を噤《つぐ》んだ。

「私が、分からぬか」

その声にお瑛はいよいよ驚きに打たれた。

永倉平九郎《ながくらへいくろう》。お瑛が二十歳前後に三年ばかり連れ添った、元夫である。あの頃と同じく、背が高く、痩身である。浅黒い顔は引き締まっていて、すこぶる端正である。

だが頬が以前よりこけ、蓄えた頬髭が少しむさくるしく、疲れたような暗い表情をしているのが、前と違っていた。

昔はもの静かな武士だったが、決して暗い印象はなかった。

八年前に別れた時は、小普請方吟味役の百石取りで、四谷塩町に屋敷を構えていた。

今はもう少し出世したのかどうか、新しい消息は何ひとつ知らない。

「まことにどうも失礼申し上げました。お久しゅうございます。でも、どうしてまた、こんな所へ……」

あまりの思いがけなさに喉がひりつき、言葉がどもった。

「驚かして悪かったな。いや、近くまで来たので寄ってみただけのこと。店で、十六夜橋と聞いて、追いかけて参った。どうだ、商いの方はうまくいっておるのか」

「おかげさまで、小商いながら何とか……」

「ほう。確か母上とばあやがいたな、使用人は……」

「はい。店には番頭と売り子がおりますが、今はそれでは手が足りないほどで」

「大店《おおだな》のひしめくこの町で、よくやっておるの」

「いえ、呉服や木綿では、到底太刀打ち出来ませんが、草木染めやら、焼き物やら、小物をいろいろ扱っておりますから」

流行の色や形をいちはやく先取りして店頭に出す。祭りともなれば草木染めの手拭いを無料で配る、七夕には草木染めの短冊を笹に下げる。そうした地元密着の下町商法で、越後屋や、大丸に対抗しているつもりだった。

「さようか。それは重畳《ちょうじょう》」

「あなた様もお元気そうで何より……」

ようやく体勢を立て直し、襟元を掻き合わせながらお瑛は言った。

「今日はまた、何の御用でございましょう」

「用がなければ来てはならんかな」

お瑛は何も答えずに歩き出す。

四谷塩町の婚家を飛び出したのは八年前のこと。それから三、四度、平九郎自身が訪ねて来ている。お瑛は会おうとしなかったが、湯屋帰りを待ち伏せされ、戻る気がないかどうか確かめられたことがある。

それがたぶん五年前のことで、その直後に離縁状がようやく届いたのだ。今はかれも三十半ば。もうお瑛のことなどすっかり忘れている頃合いと思っていた。

今ごろ何の用だろう。怪しみながら、昨日の雨に濡れた草むらに下駄の先を踏み入れた。足先が濡れ、ひんやりと冷たかった。

「いや、実は用がないでもない」

肩を並べて歩き出しながら、平九郎は渋り気味に言う。

「ちと知らせておきたいことがあってな」

「何でございますか」

「母上が亡くなった」

「まあ」

いつのことですか、と聞こうとしてぐっと言葉を呑み込んだ。そんなことは知らせてほしくなかった。なぜ今さら……。

もちろん、一度は〝お姑さま〟と呼んだ人である。その死を悼《いた》む気持ちがないではない。

あの姑は、毎日、朝顔だのセンブリなどを煮出して飲み、就寝前には軽く酒をたしなみ、おさおさ養生を怠らなかった。あの分では息子より長生きするだろうと思っていたから、その訃報は意外だった。

おそらくまだ五十代半ばだろう。

しかしもっと意外なのは、平九郎が母の死を告げに来たことだ。お瑛は姑の仕打ちに耐えられなくて、婚家を出たというのに。

永倉家の嫡男が、商家の娘を嫁にとることに、姑は初めから大反対だった。それでも平九郎が強く望んだため許しはしたが、或《ある》いはその時から、嫁いびりのあげく放逐することを、胸底深く企んでいたかもしれない。今ではお瑛はそう勘ぐっている。

妊娠中のお瑛が姑に髷を摑まれて転倒し、それがもとで流産したのは、初めから意図されたものだったのだ、と。

お瑛は静養を口実に養父母のもとに帰り、二度と永倉家の門をくぐろうとしなかった。辛抱が足りない我がまま者……と周囲からさんざん非難悪口を浴びながら、自立する道を思い巡らした。

お瑛がこの家の養女になったのは、十七の時である。実母とは早くに死別し、武士だった父は、まだ『蓑屋』という骨董店だったこの家に五つの娘を預け、行方不明になった。

やがて養父が死に、その遺産をお豊がお瑛に投じてくれたおかげで、〝間口一間値千両〟とか〝土一升金一升〟と言われる、このお堀端の町に、自分の店を開くことが出来たのだ。

自分はもう永倉家とは縁もゆかりもない身。なまじお家の事情など、知らせてほしくなかった。

それとも姑さえいなくなれば、永倉家に戻るとでも？

「まだお若いのに、どうなされました」

掘割に沿って蔵の続く道を、瀬戸物町の方へ引き返しながら、お瑛はやはり訊ねた。

「うむ、蔵の階段を踏み外したのだ」

「蔵の階段を？」

「打ちどころが悪かったらしく、見つけられた時は、階段の下で死んでおった。七日前のことだ」

七日前といえば、あたしが猫と格闘していたあの日である。この時、ふっと思い浮かんだのは、一匹の猫だった。

お姑さまはよく襷《たすき》がけで蔵に入っていたっけ。働き者で、いつも何かしら小道具を出したり入れたりしていた。そんな作業中に不運が見舞ったとすると、あの永倉家の蔵にも、猫が入ったのでは？

姑は大変な猫嫌いで、庭に野良猫を見つけると金切り声をあげて追い回したものだ。お瑛がまだ嫁いだばかりの頃、庭先に迷いこんだ子猫に水を与えたことがある。

すると背後から姑の罵声が飛んできた。

「汚《けが》らわしい、早く捨てておいで！　猫をいじった手は切り落としておしまい。その手で食器を触られると思うとぞっとする」

だがお瑛はどうしても猫を捨てられなかった。思い悩んだすえ、駕籠屋を呼び、片道分のお代を払って、日本橋の養父母の営む蓑屋まで送り届けたのだ。

やがて出戻って実家の敷居をまたいだ時、真っ先に玄関で迎えてくれたのはこの猫だった。正直なところ、姑の死より、三年前のこの猫の死の方が、お瑛にははるかに悲しかった。

あの姑を、この世の階段から踏み外させたもの。それはもしかしたら猫ではないのかしら。

そんな想像が浮かんで、お瑛は不謹慎にも、ふと笑いそうになる。

「それはお気の毒でございました。何かと大変でしたでしょう」

「ああ」

「あの、伺ってもよろしいでしょうか。ご新造さまは……」

「いない」

「早くお迎えなされませ」

「そなたが、戻ればいい」

ええっ、とお瑛は声を上げた。これは冗談だろうと考え、またも不謹慎と思いつつ笑ってしまった。

「あたしは家出したわけではございませんよ。ちゃんと離縁状を頂いております」

「破り捨てて、また嫁に来ればいい」

「まあ、ご冗談ばかり」

「冗談ではない。それを言いに参った」

お瑛は呆れていた。

「今は店のことで手一杯ですし、病気の母を抱えておりますもの。旦那様のお世話などとてもとても……」

「世話などしなくていい」

何がいいもんですか、と怒りがふつふつ沸いてきた。今ごろ何を言いなさるのです。あれから八年もたち、こちらはようやく忘れているというのに。

「家に戻ってくれるだけでいい」

重ねてかれは言った。

「そりゃ、あなた様はいいかもしれませんが……」

こちらは良くはございませんよ。あたしは人形じゃありません。母上が亡くなったからといって、すぐ戻るとでもお考えでしたか。

もしそうお考えでしたら、あなた様は、女の気持ちなんて少しもお分かりにならない朴念仁《ぼくねんじん》……。手前勝手で、女々《めめ》しくて、お家大事の、夢を見ているようなお人。こんなことが可能と思いこみ、大真面目に言いにくるなんて、あまりと言えばあまりに愚かしい……。

「あたしはちっともよくはありません」

内心の怒りとは裏腹に、ふんわりとお瑛は微笑んだ。

「そもそもあたしをお貰いになったのが間違いだったのに、二度も貧乏くじを引くなんて……」

平九郎は何とも言わず先に立ち、お瑛も黙ったまま後を歩いた。

かれの身だしなみは相変わらずきっちりしていたが、銀杏髷のうなじのあたりに乱れ毛があって、それが何となく淋しく、お瑛は思わず目をそらす。

小さな橋を渡って本町通りの方へ向かう。その橋の袂の柳の木のそばで、子どもらが小さい子に石を投げて苛《いじ》めているのを見た。

「こらっ、よさんか」

やおら平九郎が一喝する。わっと蜘蛛の子を散らすように逃げて行く。

二人は何事もなかったように肩を並べ、また無言で歩き続ける。

本町通りで左に折れて賑やかな日本橋大通りに出ると、初めてかれは立ち止まった。

「……考えてみてくれないか」

「いえ、今も申し上げたとおりで……」

言いかけた。だが聞きたくないというようにかれは身を翻《ひるがえ》し、サッと人混みの中に消えていった。

その日は一日、お瑛は不機嫌だった。

永倉家のことなどすっかり忘れていたし、思い出したくもない。あの狐憑《つ》きみたいな姑がどうなろうと、知ったことじゃないのだ。

なのに、また思い出すはめになったのが迷惑で、不愉快だった。永倉平九郎なんぞ、早く嫁を取るなり婿に行くなりして、消えてしまえ。鬼に喰われろだ。

客の合間に、頬杖をしてぼんやり思う。

むやみに腹立たしい一方で、戻って来いと言われた時の、何とも言えない肌のざわめきが、意外だった。今も平九郎を憎からず思うところが自分にはある。それが何とも口惜《くや》しい……。

「おう、おかみ、お稼ぎかい」

突然のだみ声に、はっとお瑛は夢想を破られた。

暖簾を分けて入って来たのは、幼なじみの誠蔵《せいぞう》《とうざん》だった。

ずんぐりとして脂肪ののった短軀に、粋な唐桟の着物を着込み、精一杯、粋に装っている。少しも似合っていないのだが、そのてらてらして脂ぎった顔を見ると、お瑛は何となくほっと気が和《なご》むのを感じた。

「どうしたい、お茶ひいた女郎みたいな面でさ」

誠蔵は上がり框に腰を下ろすなり、にきび面だった頃の口調そのまま、ずけずけと言う。

「あら、ご挨拶ねえ。誠ちゃんこそ、湯屋帰りの色旦那みたいよ」

「へへっ、どういう顔よ。これでも最近は身持ちがいいんだぜ」

若い時分に遊女買いに溺れ、身代を失うほどの大金を両親が払ったという話は、今や界隈では公然の秘密である。

やがて女房をもらったが、子を生んですぐ亡くなった。それまで二流だった日本橋通りの紙問屋『若松屋』を、一流店に押し上げたのは、それからのことだった。

今お瑛が最も心安く付き合えるのは、子持ちのこのやもめ男しかいなかった。

「分かった、お瑛ちゃんのご機嫌斜めの原因は男だな。図星だろ」

誠蔵は呑み込んだように言った。

「もっと遊ばなきゃだめだ。春宵《しゅんしょう》一刻値千金ってねえ、檜物《ひもの》町に面白い店があるから、どう、陽が落ちたら繰り出さないか」

最近の誠蔵は旦那衆として、夜な夜な檜物町界隈の芸者街に出没し、気っぷがいいので大もてだと評判だった。

「ああ、今日のあたしはお色気より食い気。久しぶりにどこかで美味しいものでも食べない」

お瑛は軽い欠伸《あくび》をしながら言った。

「もちろん若松屋さんのおごりでね」

4

ひらめとさよりの刺身
ワカメと独活《うど》の酢味噌和え　蕗《ふき》のとう
わた蒲鉾（あわびの腸を練り込んだもの）
ユリ根の蒸しもの
蒸しカレイ　車海老の焼きもの　小鯛鮨
蛤鍋　白魚の蕎麦仕立て
椿もち　おぐらきんとん　かるかん
それがその夕方、日本橋は数寄屋町の料亭『近江屋』で、お瑛が注文したお品書きだった。

通された座敷は二階の曲がりくねった回廊の奥にあり、床の間の備前の壺には白椿が一輪。障子を開け放った窓からは、暮れていく夕空に富士山が影絵のように見えていた。

夕方の空気はしっとり艶《なま》めいて、どこか人恋しい。

二人が言葉もなく眺めているところへ、遅れていたもう一人が加わった。やはり幼なじみで、今は廻船問屋の番頭をしている善次郎《ぜんじろう》である。今夜は若松屋のおごりと聞いて、万障繰り合わせて飛んで来たという。

すぐに第一の膳が運ばれて来た。

「わあ、美味しそう。旬のものは、寿命が延びるのね」

「逆に寿命が縮むのは、うちの竹《たけ》どんの賄《まかな》いだ。毎日、麦飯に、ひじきの煮付け、香こが二枚、菜っ葉の薄い味噌汁。これが三百六十五日つづく」

「いや、竹どんはけだし賄い名人だぜ。賄いは、美味く作っちゃいけない。お代わり防止と、調味料の節約さ」

他愛なく笑い合っているところへ、近江のにごり酒が運ばれた。酒が入ると、座はいっそう賑やかになる。

「名人といえば、こないだ猫名人に会ったわ」

酒が入ったところで、お瑛は例の又三郎のことを面白おかしく話して聞かせた。笑いながら聞いていた善次郎は、ふと真顔で言った。

「そのお駒って、もしかして本所の綿問屋の娘じゃないか？」

「あら、どうして知ってるの」

お瑛は箸を止め目を瞠《みは》った。

「その丸屋はうちのお得意さんなんだ。こないだ……いや、もう去年になるけど、船に乗せたのがお駒さんだ」

去年の暮れ、得意先の丸屋という綿問屋に頼まれて、そこの箱入り娘を秘密裏に船に乗せ、さる遠方まで運んだというのだ。

「詳しい事情は知らんけどな。そこの手代から聞いた話じゃ、亭主から引き離すためだって……」

その亭主は嫉妬深く、何でもないことにもすぐ焼き餅をやく。切れやすい男で、些細なことでカッとなって女房に殴る蹴るの暴力をふるう。

つい先だっても亭主の暴力で、女房が死にかけたという。

両親は訴え出なかった代わりに、かれに離縁状を書かせ、今後はつきまとわないことを約束させたというのだ。

「へえ」

お瑛は肝が潰れそうに驚いた。あの猫の又三郎が暴力亭主とは。にわかには想像出来ないが、考えてみれば、猫に優しく人にはぞんざいだ、と岩蔵が言っていたのである。

人は見かけによらぬもの。あの永倉家の姑がいい例だろう。いきり立つと狐憑《つ》きみたいに変貌するあの姑も、ふだんは『源氏物語』の『夕顔の巻』を暗唱できるほどの教養豊かな女性だった。和歌を詠《よ》ませても上手く、筆も達者だったのだ。猫又と呼ばれるほどの猫名人が、別の顔を持っていたとて、さして不思議でもない。

「お駒さん、そんな人でなしの亭主と離縁して、親御さんもほっとしたろうよ。命あっての物種《ものだね》だ」

「今はどこにいるの？」

「いや、それは秘密、悪いけどお瑛ちゃんでも言えない。お駒さんには、亭主は死んだと言ってあるそうだ。もし居場所がばれて、亭主が押し掛けて行き、刃物でも振るわれた日にゃあ、うちの信用問題に関わる。当人はもちろん獄門だが、場所を教えたこちとらだって手鎖《てぐさり》もんだぜ」

「はあ、そうだわねえ」

お瑛は大きな溜め息をついた。

「猫名人、必ずしも女名人じゃなかりけり……ってか」

善次郎は言い、盃をあおった。

艶めいた春の一夜が、急にお瑛には湿ったものになった。


その又三郎がひょっこり店に現れたのは、翌日のことである。

店には女客がいて、反物を選んでいた。婚礼をひかえた娘とその母親、それにお供の下女で、座は賑わい華やいでいた。

のっそり入ってきた又三郎に気づいて、お瑛は市兵衛に目で合図をし、三人のお相手を頼んだ。

「いらっしゃいませ。先日は有り難うございました」

すっと近寄って挨拶すると、又三郎はぎょろりとした目で、ちらと外を見、囁いた。

「ちょっと、いいすか」

お瑛は頷いて、先に立った。

さくらそうやー、さくらそう……。暖簾をくぐって外に出ると、今日もまたそんな声が路地に流れている。声ばかりで花売りの姿はどこにも見えない。

かれは脇の用水桶のそばに隠れるようにして立って、言った。

「あの……突然なんですが、おかみさん、お駒って女を知っていなさるそうで?」

ぎくりとして唾を呑み込んだ。さんざん噂をしたばかりである。

「お駒さんがどうかしたんですか」

「へえ、以前、蜻蛉屋のお客だったと、つい先日、柳井堂のお衣さんから聞きました。もしかして、こちらに来ることはないかと」

「いえ、それはありませんが」

「その……お駒とは夫婦別れしたんだが、わけあって探してるんですよ」

向こうの両親が隠してしまって、どこにいるか見当もつかない。そこで薬種問屋に出入りし、薬籠を背負って江戸の町を歩き回って、お駒を探しているという。

「消息をお訊ねでしたら、あいにくでしたね。お駒さんがうちに来ていたのはずっと昔の話なの、五年くらい前です」

声が少し尖ってくる。

お瑛の頭には、危険信号が赤々と灯っていた。うっかりしたことを口外してはならない。妻を探す暴力亭主を、妻のもとに導いては大変である。

「でも探し当ててどうなさいます。復縁を迫るおつもり？」

「いや、まさか」

「じゃあ、どうして探したりなんか……会って、どうなさるおつもり」

われながら立ち入りすぎだと思ったが、この又三郎に、永倉平九郎の顔がつい重なってしまうのだ。別れた女房に復縁を迫る、女々しく、ひとりよがりの男——と。

又三郎は黙っていた。

さくらそうや、さくらそう——……の声がどんどん遠のいていくのを、お瑛は耳で追っていた。

「ああ、お忙しいところ、どうもすいませんでした。柳井堂のお衣さんに言われたんで、つい……」

かれは居たたまれないようにペコリと頭を下げ、その場を立ち去ろうとした。

追いすがるようにお瑛は言った。

「会ったらまた、暴力沙汰にならないと言い切れるんですか」

かれは振り返った。

「暴力沙汰？　そんなことないすよ」

太い眉を上げ、むっとしたように、口をへの字に結んだ。

黙り込んだかれの足元へ、いつの間にか先日の野良猫がすり寄って来た。するとかれは人が変わったように微笑んでしゃがみこみ、頭を撫でてやる。

猫はますます喜んで、仰向けになって腹を見せた。犬や猫の、最も無防備な姿勢である。

じゃれ合う猫と又三郎を見ていると、すぐカッとなって切れやすい人物とは、とても思えなかった。ふと疑問に思った。そんな暴力男が、こんなふうに猫を手なずけるものだろうか。

噂で聞いた又三郎と、こうして猫を撫でる本人との間に、少しばかり隔たりがあるような気がしてくる。美男美女の別れ話である、皆は面白がって、尾ひれをつけてはいないだろうか。

だがしかし、人は見かけによらぬもの。残忍な殺人犯が、犬を溺愛していた、というような話を聞いたことがある。猫を可愛がることと、女房に暴力をふるうことは、矛盾しないのだ。

いや、しかし……とまたお瑛は思い直す。

すぐ切れやすい暴力男なら、猫を打擲《ちょうちゃく》したり、石をぶつけたり、頭を切り落としたりするのではないだろうか。

又三郎を見て、あれこれ思い迷うお瑛に、ふとかれは目を上げて言った。

「おかみさん、この猫、蚤がいます。毛を梳《す》いてやって下さいよ」

5

翌日は京橋の竹河岸まで届け物があった。

「市さん、あたしが行くから、帳場を見てておくれね」

出かける準備をしていた市兵衛に、お瑛が声をかける。京橋まで行ったら、目と鼻の距離にある柳井堂に寄ってみようと思った。

菓子の柳井堂は、京橋から新両替町までの中間ぐらいの路地を入ってすぐにあり、若草色の小粋な暖簾が目印だった。

用を済ませて、暖簾ごしに中を覗くと、帳場に案の定ひとりでつくねんとしているお衣が見えて、お瑛は思わず微笑んだ。

「あたしは、お店で埃かぶってる招き猫ですよ」

いつもそう言って、招き猫を真似てみせるお衣を思い出したのだ。

お衣がこの店に嫁いだのは十九の時だ。嫁入り当初は、人にも羨ましがられた夫婦だった。

だが今は亭主が色町に入り浸るようになり、夜は決まってどこかへ出かけてしまう、と聞いている。

「まあ、蜻蛉屋のおかみさん」

お衣は退屈していたのだろう。ふっくらした丸顔を笑み崩して立ち上がった。

「お久しゅうございます。どうぞどうぞ、さあおかけ下さいまし」

いそいそお茶の準備を始めた。そこへ使いから戻ったらしい番頭が出て来て、息を弾ませながら挨拶する。

お瑛はまず京菓子を見つくろって包んでもらい、勘定をすませてから、上がり框に腰を下ろした。

「ああ、番頭さん、奥で少し休んでちょうだい」

お衣が言うと、番頭は頭を下げて奥に消えた。

「実はお衣さん、昨日、お駒さんの元亭主という人が見えたのよ」

ひとしきりの雑談を終えると、切り出した。

「え、又さん、もうそちらに行ったんですか?」

お衣は茶を淹れる手を止めて、細い目を瞠った。

「先日、たまたま出会いましてね。お駒ちゃんのことしつこく訊くもんだから、蜻蛉屋の名前を出しちゃったんです。お瑛さんならどうにかして下さると……」

「どうにもならないから、来たようなわけよ。お駒さんを探してるそうだけど」

お瑛はお茶を啜って言った。

「ほんとに、あの人、そんなに嫉妬深い暴力亭主だったわけなの」

「ええ、嫉妬深いって言えばそうでした。けど……」

お衣は首を傾げて曖昧に言い、それきり黙っている。

「けど？」

「あたしみたいおかめと違って、お駒ちゃんは目千両の美人でしょう。そんな女房をもったご亭主の立場も、少しは考えてあげないと」

それは意外な言葉だった。お衣はためらいがちに言ったが、その言い方には、どこかお駒を非難する響きがあった。

「流し目ひとつで、誰もが夢中になってしまうんだもの。よく、付け文もらったり、誘われたりしてましたもの」

「所帯を持ってからも？」

「ええ、あの頃は手習いの若師匠……。娘時代に可愛がられたよしみで、誘われれば断り切れないのね。ちょくちょく会ってたみたいです」

「一体どこで……」

「歌舞伎座です」

あっさりと言った。

「お駒ちゃんはお芝居が大好きで、団十郎《なりこまや》にお熱を上げてました。以前はおふくろ様にねだればいつだって行けたのに、今はほれ、貧乏でしょう。だからお師匠《しょ》さんに誘われると、いそいそ行っちゃうんですよ。おおっぴらに隣り合って座り、こっそり手を握ったりできる場所ですもの。そりゃ楽しいわよね。お芝居観た後、芝居茶屋でご馳走になって帰ったりしたこともあるみたい」

「ほんとう？」

「ほんとですとも。それで怒らない亭主がいたら、顔が見たいもんだわ。そんな女房は殴られて当たり前じゃないですか」

「お衣さん、あんた、そのこと本人に言ってあげた？」

お瑛は怒りがこみ上げてきた。

「ええ、一ぺん言ってやったことがあります。でも又さんを怒らすとセイセイするんだって。楽しんでたみたい」

「楽しむって……亭主の焼き餅を？」

「又さんて、ほら、何だかはっきりしない人でしょう。お駒ちゃんも、手応えを確かめたいところがあったみたい」

お瑛は肝を潰してしまった。

言われてみればなるほど、合点《がてん》のいく話である。お駒は富裕な家で乳母日傘《おんばひがさ》で育った、こわい物知らずのお嬢さんなのだ。

考えてみればその奔放さは、今に始まったことではない。蜻蛉屋で働かせてほしいと願い出てきたのも、その一つだ。好きな相手ができれば、後先も考えず、〝岡っ引きふぜい〟に走ってしまったりもする。

良くも悪くも、世間知らずな、今ふうの幸せな娘なのだ。亭主が腹を据えかねて、多少手荒なことをすると、親には暴力亭主と言いつけてしまうのに違いない。

「ふーん、分からないものねえ、夫婦のことは。お衣ちゃん、あの事件をどう思う。二人で走って来る馬の前に飛び出したって話……」

声を潜めて言うと、お衣はそっと裏の方を窺って、声を低めた。

「ぜったい相対死じゃないです。事故でもない。あれはたぶん、お駒ちゃんが飛び出したのよ。ややこがお腹にいたんですもの」

「ややこが？」

お瑛は驚いた。

「そんな身重な身体で、どうして飛び出したりするかしら」

「いえ、馬に蹴られて、堕《おろ》したかったんじゃないの」

「不義の子？」

何かの間違いかと、お瑛は相手の顔を見直した。

「いえ、父親は又さんしかいませんよ、おかみさん。あのお駒ちゃんはね、あんな浮気性にみえて、実は又さん一筋だったんだから。ちょっと遊びたかっただけなの、悪女ならまだしも、根は純情だから困ってしまう」

「うーん」

お瑛はようやく合点した。お駒はいわゆる〝困ったちゃん〟なのだ。

普通は、嫁に行くと、娘時代は終わる。だがお駒にとっては、まだ娘時代が終わっていなかったのだ。

「そう、あの人、まだ夢の中にいたんですね。あたし、又さんに言ってやったんですよ。あんた達の新婚所帯はすべて誤解だって……」

その時、お客が入って来た。

お瑛はこれを区切りに立ち上がった。

お衣はまだ話し足りないらしく、ゆっくりしてくれるよう目で合図する。だがもう話の筋道は大かた想像がついた。すでに半時《はんとき》（一時間）も話し込んでいた。

いるのよね、そういう罪作りな女《ひと》って……。

大通りを日本橋に向かって歩きながら、お瑛はひとりごちた。

色っぽくて、こぼれるような愛嬌があって、男に惜しげもなく媚態を振りまく女。言ってみれば天性の娼婦。

相手を喜ばせたいという奉仕精神に溢れ、自分の魅力を試すことができれば、それでご機嫌だ。それ以上の他意はなく、男を惑わした結果について何も考えていなくて、本人は至って無邪気である。

その無邪気さが、罪作りだっていうの。

あのお衣ちゃんを見てごらんなさいよ。旦那に見捨てられても健気《けなげ》に店を守ってるじゃない。世の中には、お家の命運を背負ってしまう女と、他人に背負わす女がいるのだ。

あたしは背負う女、お駒は背負わす女。

つくづくお瑛はそう思った。

6

日本橋通りから本町三丁目の角を東へ曲がると、界隈には薬草の香りがたちこめる。その辺りはいつでも人で混雑していた。通りには各種の薬種問屋がずらり軒を並べ、どの軒下にも天日干しの薬草が吊るされている。

蝦蟇《がま》の置物や、猪の剝製や、蛇の標本を店頭に置いている店もある。

〝天寿丸〟〝文武丸〟〝五霊膏〟などという薬の立看板が競うように並んでいて、子どもの頃お使いでこの辺に来ると、別世界に迷い込んだような気がしたものだ。

お瑛は雑踏に流されるように進み、日野屋の〝清明香〟の看板の前で足を止め、中を窺った。

お衣に会ってから一両日考え、又三郎のためにひと肌脱ごうと決心した。かれは誤解されている。暴力亭主というのは、婚家の作り出した虚像に違いない。

辛抱の足りないわがまま娘……と世間に言われ続けたお瑛は、暴力亭主と決めつけられ、弁明の余地もなく女房を連れ去られた男を放っておけない気がした。

だが意を決して出て来たものの、いざ近くまで来てみると足が止まる。何のことはない、又三郎が暴力亭主ではないと思う根拠は、かれが猫名人ということだけなのだから。

「おや、蜻蛉屋さん、ずいっと入りなすって」

帳場から恰幅のいい一番番頭が、目ざとく声をかけてくる。

「今日はいいお日和で」

「ああ、あいにく今日のご用は薬じゃないの。こちらの又三郎という人に用があるんだけど」

「またさぶ……ああ、猫又ですか。その辺りにいたはずだが」

番頭は、腰をひねるようにして背後を見やった。そばにいた丁稚《でっち》がすぐ奥に駆け込んで行く。

「又さんは、薬の行商をしているんですか」

「はい、薬草にえらく詳しいんでね、薬草改めも頼んでますよ」

刀剣屋の息子の又さんが薬草を？　人は見かけによらぬものだ。丁稚が戻ってきて、姿が見えないと告げた。

戻ったら蜻蛉屋に寄ってくれるよう伝言を頼んで、店を出る。

本町通りから日本橋大通りへ曲がろうとした時、雑踏の中にぬっとひときわ目立つ長身の又三郎が見えた。

や、おかみさん……とかれはすぐに気づいて、懐手のまま人混みをかき分けてきた。

「まあ、良かった。いま、日野屋さんまで行ったところなの」

「あっしにご用ですか」

「ええ、先日のことで」

かれは半信半疑らしく目をぎょろりとむき、透かし見るようにお瑛を見た。

「……少し歩きますか」

お瑛は頷いて、先に立って今川橋の方へ歩き出した。

濠にかかった今川橋を渡るとその橋詰に、葦簀《よしず》張りの水茶屋があった。風が幾らか肌寒かったが、川べりの桜がふくらみかけていて、なかなかいい眺めである。

お瑛はその店の縁台に腰を下ろし、茶汲み女に茶を頼んだ。

「お駒さんの居場所が分かるかもしれないんで、お力になりたいと思って。ただ条件があります。あたしが請人《うけにん》になって聞き出すんだから……」

お瑛は熱い茶を啜って、相手の傷に目を注いだ。

「虎を檻から放すような結果になっては困るのね」

「おかみさん、大丈夫ですよ。すべて話しますんで、それで判断しておくんなさい」

口の重い又三郎は咳払いした。

このところかれが帰宅するたび、女房が不在の日が多くなっていた。酒の匂いを放って、夜更けに帰って来たこともあった。

不審に思って訊けば、実家に帰っていたとか、近所のお産の手伝いに行ったとか、何やかやと言い繕《つくろ》う。

男が出来たかと疑った又三郎は、ある時、母や叔母と歌舞伎を見に行くというお駒を、岡っ引きよろしく尾《つ》けたのである。

歌舞伎座の前で待ち合わせていたのは、案の定、若い男だった。手を取るようにして入って行くところも目撃してしまった。

又三郎はそのまま帰宅し、酒を呑みながら女房の帰りを待った。帰って来たお駒を問いつめると、あれは手習いの若師匠で、お互いに芝居好きでなので、つい付き合ったという。

「でもこれで見納めよ、もう行かない。実はあたし、ややこができたんですもの」

にこにこと満面に笑みを浮かべて言う。

その笑顔に、かれはカッとなって、手にした盃を思わずお駒めがけて投げつけた。

「そんな大事なことをなぜ今ごろ言う、黙っていたのは浮気していたからだろう」

それを笑って済ますつもりか、と声を荒げてなじった。

「ごめんなさい、驚かしてやろうと思ったの」

「驚きゃしないさ、誰の子か聞くまではな」

冗談のつもりが、冗談にならなかった。

お駒は血相を変え、あんたの子でなくて誰の子なの、見てちょうだい、ほら、触ってみなさいよ、と叫びたてる。

身に着けていた帯を、着物を、足袋を、次々と投げつけられ、肌も露《あらわ》に目前に立たれ、気圧《お》されて、その夜は心ならずも一つ床で懐柔されてしまった。

翌日かれは仕事があり、お駒が寝ている間に家を出、帰りは夜の五つ（八時）すぎになった。しおらしく待っているかと思いきや、お駒はどこかへ出かけて留守だった。

腹が収まらないかれは、やがてお駒が帰って来ると、男に会ってきたか、と酒の勢いで罵《ののし》った。

「どこでもいいでしょう」

不貞腐れ、急にお駒は居直った。

「歌舞伎見たさに、あの人と会ったのは悪いけど、この暮らしじゃ歌舞伎も見られないんだもの。ややこも生めやしない」

「誰の子か分からん子など、生むな」

売り言葉に、買い言葉だった。

何やらお駒は叫んで、やおら表戸を開け放し、裸足のまま闇の中へ飛び出していったのである。

提灯も持たずに遠くへは行くまい。すぐ戻って来るだろうとたかをくっていたが、いっこうに帰ってこない。かれは不安になり、提灯に火を入れて、自分も夜の町に飛び出した。

真っ暗な下谷御成街道をふらふら歩いているお駒を見つけた時は、四半刻（三十分）もたっていた。

自分が悪かった、ともかく家に帰ってよく話そうと説得すると、お駒も心細かったのだろう。泣きながら長身のかれに小柄な身体を預けてきた。

夜気の中に春らしいぬくもりが感じられる夜だった。

武家屋敷の土塀に挟まれた道はそう広くはなく、花の香りが漂っていた。抱き合いながら提灯をかざし、戻りかけた時である。

上野方面から疾走して来る早馬の蹄《ひづめ》の音がした。家康公が鷹狩りのため作ったといわれるこの街道は、夜に早馬はもちろん、大名行列も通ることがある。そのお先払いはひどく乱暴で、夜商いの屋台など、有無を言わさず蹴り倒していくと聞いたことがある。

かれはお駒を抱いて道路際にぴったりと寄った。だが蹄の音が迫って来た時、お駒は何を思ったか、身をふりほどいて往来に飛び出したのである。

思わず飛びついて引き止めた。その拍子に、二人で路上に転がった。一瞬、闇の中で鋭い嘶《いなな》きが聞こえた。

あとかれが覚えているのは、大きな黒い影が自分の上にのしかかるようにして宙を蹴り、目の中に真っ赤な火花が飛んだことだけだ。

「それきりでした。気がついた時は、医者の家に担ぎ込まれていたんで。お駒はどうしたか分からない……。人づてに聞いた話じゃ、怪我はなかったが、腹の子は流れちまったと。それから気鬱の病に取り憑かれ、寝たきりだそうで……」

又三郎はくぐもった声で言い終え、茶を啜った。

この話をすべて信じていいのだろうか。本当にお駒が馬の前に飛び出したのか、或いはかれがお駒を押したのかどうか、当人同士しか知らないことだ。

「……お駒さんを探し出して、どうするおつもり？」

お瑛は訊いた。

「まずは……」

かれは首を傾げて言い澱《よど》む。

「まず謝りたいです。言い過ぎだったと。お衣さんから聞きましたよ。お駒はあの喧嘩の翌日、柳井堂に行っていたんだと」

お瑛は頷いて、一枚の紙を渡した。そこにはお駒の居所が記されている。

すでに廻船問屋の善次郎に頭を下げて頼み、聞き出しておいたのだ。

7

再び又三郎が蜻蛉屋に姿を現したのは、川べりの桜が咲いて散り、若葉が木々を埋め尽くす季節だった。

あいにくお瑛は、町内の商店主の寄合があって出かけていた。帰ってみると、猫又さんが来ましたよ、と市兵衛が言う。

「引き止めたんですが、勤めがあるからと急いでましてね。また近いうちに寄るそうです。おかみさんには、この話を伝えて謝っておいてほしいと……」

お瑛に教わったとおり、お駒は綿問屋丸屋の寮（別荘）にいたという。上総《かずさ》は外房の海沿いの町である。

又三郎は薬売りとして商人宿に逗留し、それとなくこの寮を窺った。張り込みはお手のものだったから、お駒が三人の女中に付き添われて臥せっているのをたちまち調べ上げた。

だが名乗って出る勇気は、かれにはない。自分は死んだことになっているのである。

思案のすえ、天秤棒をかついで、門前に立ってみた。

「毒消しはいらんかね、越後の薄荷《はっか》はいらんかね。日本橋は日野屋の清明丹、伊勢屋の天寿丸……」

日本橋と聞いたからだろう、すぐに十五、六の下女が出て来て、日野屋の薬を買ってくれた。

それから数日たって、女中二人が連れ立って出かけた日があった。

そんな日を狙っていたかれは、毒消しはいらんかね……と呼ばわりつつそろそろと門を入り、中庭に回ってみた。庭には桜の木があり、日当たりがいいためか、三分咲きにほころんでいる。

開け放った縁側のぽかぽかした日だまりで、先日顔見知りになった下女が、笊《ざる》に摘み取った山菜を選り分けていた。

「ちわー、いいお日和だ、薬にご用はないかい」

下女はのんびり顔を上げた。

「あれ、薬屋さん、今日はいらんよ」

「それは薬草かね」

「いえ、ツクシにタンポポ、セリ……」

「あ、それは蕁麻《いらくさ》だ……蛇や毒虫に嚙まれたら、塗りつけるといい」

「どれのこと？」

笊にその草はなかったから、娘はどれかときょろきょろしている。その隙にかれは荷を置いて縁側に近づき、座敷を窺った。

奥の間に布団が敷かれているようだが、人が寝ているのか、ただ布団が敷かれているだけか、襖が半ば以上閉められていて分からない。

ただ開かれた部分の敷居のあたりに、一匹の太った白猫がうずくまっており、警戒するように首をもたげてこちらを見ている。

「今日は静かだな、お留守かね」

顎で中をしゃくるようにして言ってみた。すると下女が言った。

「ええ、今日はあたし一人だから、そこにかけてお休みよ」

「すまないが、水をもらえるかな」

「白湯でも飲むかね」

かれが頷くと、娘はいそいそと奥に消えて行った。

辺りはしんと静まり、穏やかな日差しが庭に満ちている。大気に微かに潮の香が溶けていた。

かれは奥を窺った。

本当に誰もいないのだろうか。仮に病人がいたとしても、かれの声はくぐもっていて、言葉がひどく不明瞭だったから、話し声だけでは又三郎とは分かるまい。

呼びかけてみようと思うと、にわかに臆した。

そこにお駒がいたとしても、驚いて叫び声でも上げたら。迷惑がられたら……。

瞬時にあれこれ考え、いつものぼんやりした気後《おく》れの虫に囚《とら》われて、声も出ない。

迷いつつ、軽く咳払いをした。

するとその時、猫がやおら起き上がって伸びをし、のそのそと又三郎に近寄ってきたのだ。頭をすり寄せてくるので撫でてやると、猫は気持ち良さそうに目を細め、ごろごろと喉を鳴らした。

かれは縁側に腰を下ろし、柔らかい喉を撫でながら、小声で呟いた。はてさて、ご主人さまはいるのかい。

「あんた、又さんね」

不意に聞こえたその声に、かれははじかれたように立ち上がった。声はこの猫の口から聞こえたのだ。

まさかと思い、辺りを見回したが、静かな里には春の陽が満ち、鳥がさえずり、人の姿はない。

再び猫を見た。おまえか？　かれをじっと見上げる金色の目が細くなる。やっぱりおまえが口をきいたのか。

「……又さんでしょう？」

また声がして、それは明らかに襖の向こうから聞こえた。

だが先ほどの声は、確かにこの猫から聞こえた……とかれは思い、喉に痰がからまったようで返事が出来ない。

何もかもが春の陽におぼろに溶け、何だか夢の中にいるような気がした。返事もせずに呆然と突っ立っていると、襖の陰から女がよろばい出て来た。

幽鬼のように痩せ細っていたが、間違いなくお駒だった。

「この臆病猫がすり寄っていくなんて、又さんしかいないもの……」

お駒の顔は青ざめ、頬はげっそりとこけ、目千両の美貌はおろか、娘時代のあのあどけないふくよかさも、もうみじんも残っていない。

しかし夢心地の又三郎の目には、この無惨なお駒が、一皮むけた大人の女に見えた。今まで見たうちで、たぶん最も魅力的に映ったのである。

「丸屋も根負けしたんですかね、又さん、嫁御を伴って帰って来たそうですよ」

市兵衛が算盤《そろばん》をはじきながら言った。

「今はちゃんとまじめに奉公してるそうで。奉公先は新しくできた日野屋の浅草店……薬草吟味の二番番頭に迎えられたとか」

「へえ、それはようござんした」

お瑛は帯を叩いて頷いた。

猫が口をきいたくだりでは思わず微笑《わら》い、やっぱり猫名人ねえ、と呟いた。おまけに嫁さんまで連れて帰ったなんて。

その時、花売りの声が聞こえた。

「エー、花屋でござい。かきつばた、木瓜《ぼけ》の鉢あります、エー、花屋でござい」

「花屋さーん」

お瑛は声を弾ませて店を飛び出し、花屋を追いかけた。

今年は桜草とは巡り合わせが悪くて、とうとう買い損なってしまったのだ。

かきつばたを五鉢買って中庭に並べていると、いつの間にかあの段だら模様の野良猫が、そばに畏《かしこ》まっている。

お瑛は、今朝の味噌汁に入れた煮干しが残っていたのを思い出し、急いで取って来た。

「これはご褒美。あの二人の縁結びは、おまえだもんね」

頭を撫でてから、庭石の上に並べてやる。

器用に一本ずつ食べる猫を見ながら、お瑛はぼんやり考えた。あたしはどうなるかしら……と。あれきり姿を見せない永倉平九郎の顔が思い浮かび、一安心しつつも、ふと憂愁めいた影が心をおおう。

すべて平らげ指先で舌なめずりする猫を見るうち、お瑛は何かしら小憎らしくなって、ピンと張った髭を指先で引っ張った。

「こら、恩知らず、おまえも何とかお言い」

二の話　戻り蝶

1

凶悪な空もようだった。

灰色の雲が幾重にも重なり、激しく競り合っている。その濃淡の雲の襞から、新たな雲がもくもくと湧き出し、よじれ、からみ、牙をむくようにぐんぐん広がっていく。

風が木々を騒がせ、遠雷が轟《とどろ》いていた。

十六夜橋の地蔵様に花を手向けたお瑛は、この恐ろしげな雲行きに追いかけられるように、家に駆け戻った。

「……ごめんなすって」

太い声がして、見知らぬ男が長暖簾をくぐって入ってきたのは、お瑛が市兵衛と額を寄せ、帳簿の突き合わせを始めた時だった。

四十を少し出たくらいか。細身の身体に縞の羽織と縞の着物、尻をはしょって、腰に十手を挟んでいる。

日焼けして黒光りする顔はどこか青魚の干物を思わせ、濃い眉と眉の間に、くっきりと三本の皺があった。

「あっしは馬喰町の千次《せんじ》といいやすが、おエイさんで?」

岡っ引きは頭を下げて慇懃《いんぎん》に言った。

「はあ、あたしが主のお瑛でございますが」

「ちと教えておくんなさいよ。おかみさん、おクニさんて人に覚えがありなさるかね、国という字を書くんだが」

「お国さん? うちのお客様ですか」

「いや、たぶん幼なじみのお国さん……さあて」

「幼なじみのお国さん……さあて」

「じゃ、駿河の与兵衛《よへえ》って男はどうですかね」

「駿河の与兵衛さん……」

ますます分からない。お瑛は切れ長な目をぐるりと回し、首を振った。

「いったい何なんでしょう。お二人とも心当たりありませんが、あたしとどんな関わりが？」

「与兵衛は、馬喰町の商人宿を金を払わずに出てった男でね」

すると、そばで聞いていた市兵衛が、あっと声を上げた。

「それ、もしかして三日前のことじゃないですか。ええ、偶然ですが、通りがかりましたよ」

市兵衛はその午後、宿屋廻りをすませ、馬喰町から掘割沿いに本町通りに出た。とたんに一陣《じん》の騒ぎに巻き込まれた。

「捕り物だ」

「捕まったぞ」

そんな声がして、脱兎のごとく人が走っている。

緑橋に野次馬が寄り集まっていて、どけどけ……という荒々しい叫び声にさっと人垣が割れた。橋の真ん中で、十手をかざした男たちが動いていた。

背のびして、人垣の隙間から見たのは、旅人らしい出で立ちの大柄な男が、抵抗もせず神妙にお縄を受ける姿だった。

「無銭宿泊だってさ」

「ただで四日も泊まるたあ、ふてえ野郎だ……」

てんでに囁きかわす声を耳に入れながら、市兵衛は橋を渡った。

いま抜けて来た馬喰町界隈には、大きな旅籠《はたご》がずらり軒を並べている。宿には仕入れと江戸見物をかねた地方商人が、多く泊まっていた。その得意客めがけて押しかける宿屋廻りの番頭や手代で、旅籠はいつも混雑している。旅をねぎらいかたがた、抜け目なく商談をまとめるのである。

市兵衛もまた、二つの旅籠を廻って得意客に会い、商談をまとめてきたのだった。

「そう、それですよ」

千次は頷いて言った。

「あの与兵衛、無銭宿泊はこれで二軒めでして」

被害にあった二軒の旅籠は、与兵衛を訴え出たものの、大いに困惑していた。些細な宿泊代のために、奉行所から何度も呼び出される。そのたび宿の主は、仕事を放って出て行かなければならない。

いっそ罔っ引きに金を握らせ、訴えを取り下げ、与兵衛を旅籠で働かせた方がはるかにいい。岡っ引きもいい小遣い稼ぎになるため、喜んで取り下げてくれる。

「ま、それで一件落着といきたいところだが……」

言い澱んでお瑛を見つめた。何か引っかかるものがある時の癖らしく、眉間の三本の皺が深くなった。

「やつは〝日本橋のおエイさん〟て人を探してやがってね」

「え？」

お瑛は市兵衛と顔を見合わせた。どうもよく呑み込めない。

「日本橋も広うございますから」

「そう。何人ものおエイさんがいなさるはずだ。ところがやつの手がかりときたら、日本橋だけ。それを頼りに江戸に出て来たってんだから、田舎モンのやることたあ……」

そこへ客が入って来た。二十代後半に見える小粋な女で、一瞬、見覚えのある顔だとお瑛は思った。だが誰だか思い出せない。たぶん前に一度か二度、来たことがある客だろう。

女は千次を見たとたん、表情をこわばらせた。

「あら、蚯蚓《みみず》の親分」

「あ、何でえ、こんな所で……」

「まあ、ご挨拶だこと。そんな目で見ないでおくれな、親分さん」

少し疳のたった、特徴のある声で彼女は言った。

「あたしだって天下の室町で、買い物もしますのさ。それとも、それは色目ってやつかしら」

「ばか、失せろ」

「ふふ……、仰せのとおり出直しましょ、十手のお邪魔しちゃあ悪いから。お邪魔さま」

女客は長い指で鬢のほつれをかきあげ、夏向きの反物にちらりと目をくれ、その目をお瑛に向け、意味不明の流し目を送って、出て行った。

ザザザッ……と音をたてて雨が降り出したのは、その直後である。

とうとう降ってきやがった、と千次は間が悪そうに舌打ちした。

あ、姐さん、傘を、と市兵衛が傘を持って飛び出していく。

「……蚯蚓の親分さんと？」

お瑛が問いかけると、千次は苦笑し眉間にのたくる皺を指さした。

「人さまはうまいことを言いなさる。こっちは気に入らねえが、いつの間にか身についちまって」

「べつに悪い呼び名じゃないでしょう。蚯蚓は泥を耕して、きれいにしますもの」

「へへっ、そりゃそうだが……」

笑いながら言いかけたところへ、市兵衛がずぶ濡れで戻って来た。姿を見失ってしまったという。

「まあ、ともかく、別のおエイさんを探して下さいましな。それとも、この蜻蛉屋お瑛でなければいけない理由でも？」

「いや、もともと与兵衛が探してるのは、女房のお国なんですがね。その手がかりが、日本橋のおエイさんてわけで」

稲光がし、ガラガラッと雷が鳴った。

「ちっ……長引きそうだな。ちっと尻を休めさせて頂きやす」

独り言を呟き、ついに千次は上がり框に腰を割り込ませた。雨になると客足が遠のくのを見越したのだろう。

かれの話によれば、与兵衛は駿河の在で、金物屋を営んでいた実直な男だった。妻を亡くして独り身だったが、十二年前、小料理屋の女お国にのぼせ上がり、女房に迎えた。その時、女は自称二十三。かれは四十に近かった。

お菜づくりの上手な世話女房で、仲睦まじく暮らしていたが、それも一年ばかりで、突然、姿をくらましたのである。

失意のあまり与兵衛はふぬけになり、仕事もろくにしなかったから、奉公人にも逃げられ、一人でかつかつに暮らしていた。

ところがそのうち、耳よりの情報が飛び込んで来た。

江戸から帰った同業の商人が、お国を柳橋で見かけたというのだ。見間違いではない証拠に、お国さん、と呼んだらはっと振り返ったという。だがすぐに人混みにまぎれ、橋の上で見失ってしまった。

与兵衛はそれから何年かして店をたたみ、故郷を出た。お国に会いたいという望みを捨て切れなかったらしい。

だが探すといっても雲をつかむような話だった。自分の過去について語らない女だったから、両親の名も知らず、立寄先の見当もつかない。垢抜けた装いや言葉づかいから、江戸女と察してはいた。

柳橋で見た者がいるのだから、江戸にいるはずだ。

それに、一つだけお国がポロリと口にした話がある。子どものころ日本橋にいたことがあり、あの橋で、仲良しのおエイと、よく下駄をカラコロ鳴らして遊んだものだ……と。

〝日本橋のおエイさん〟さえ見つければ何とかなる。与兵衛はそう思い込み、界隈を歩き回った。無銭宿泊で捕まった時は、路銀も底をついていたという。

「で、あっしは、目明かし仲間におエイさんを聞いて回った。するてえと同業の蜥蜴の岩蔵が、そりゃ蜻蛉屋のお瑛さんに違いねえと……」

お瑛は初めて合点がいった。

しかしどう考えても、お国という名前には覚えがない。ましてあの日本橋を、下駄を鳴らして渡った思い出など全くない。

そもそもあの橋は、子ども同士で遊ぶ所ではない。馬や、牛や、荷車や、駕籠が、一日中激しく往来する橋である。棒手《ぼて》振りも、殿様の行列も、怖いお武家さまも、人さらいも通るのだ。

子どもは皆、親から口うるさく言い聞かされていた。

行列の前に飛び出せば、斬られても仕方がないのだよ。人さらいにさらわれれば街道筋を遠くまで運ばれるぞ。橋の下の船に放り込まれ、異国まで売られた子もいるんだよ――。

何よりも子どもには、橋の向こうが怖かった。そこには科人《とがにん》がよく晒されていたし、時には生首までが晒された。子どもにとって、橋の向こうは異界だったのだ。

また鋭い稲光がして、激しい雷鳴が轟き渡る。

青白い光が店内を照らし出し、土間の隅に立てかけられている蛇の目傘を浮き上がらせた。

それを目にした時、お瑛はふと、目を宙に浮かせた。頭の中を稲妻が走ったように、不意に駆け抜けたものがあったのだ。

2

それは一本の絵日傘だった。

紙に水が滲むようにゆっくり浮かび上がったのは、絵日傘をよく手にしていた女の子だ。絵日傘をさした女の子、そう、そんな子がいたっけ。ただし、一緒に遊んだ橋は日本橋ではなく、十六夜橋だった。

女の子は、あの小さな赤い橋を、カラコロと下駄を鳴らして渡って来た。その子は十一か、二ぐらい、お瑛が六つか七つの頃だったろう。

あの子はいつも橋の向こうからやってきた。絵日傘をくるくる回しながら。その愛くるしい姿は、今も瞼に残っている。

彼女は橋の上から、原っぱで遊ぶお瑛たちを、年上の子らしく笑いながら眺めていた。その顔は顎が細く、色が白くて、目が大きかった。

傘は踊りに使う美しい絵日傘で、広げると濃い紅色に極彩色の大きな蝶の絵が、鮮やかに広がった。

どこの子とも知らぬまま、いつからか十六夜橋を下りて、皆と仲良くなった。踊りのお師《しょ》匠さんになるんだと、いつも帯の後《うしろ》に扇をさしていた。橋を舞台に見立て、絵日傘をさして踊ってくれた姿が、今も目に浮かぶ。

〝まわる絵日傘、花吹雪、ちょうちょもヒラヒラ来て止まる……〟

そう唄う可愛い声も、耳に残っている。

本人から聞いた話では、両親が死んで、遠縁の商家に引き取られてきたという。その境遇がお瑛と似ていたため、いつしか姉妹のように仲良くなった。

家に呼ばれた覚えはないが、お瑛の家には遊びに来た。日が暮れても帰りたがらず、踊りや三味線のお稽古があるんでしょ、とお豊にせき立てられ、いやいや帰っていったのを覚えている。

だが一年近くたった頃、よく遊んだ地蔵様の前にあの絵日傘を忘れたまま、再びお瑛の前に現れることはなかったのだ。

遠くに行ってしまったのだ、と子ども心にお瑛は思った。

しばらくはその絵日傘を広げ、踊りの真似事をしては懐かしんでいたが、いつしか閉ざしたままになり、持ち主に戻ることなくいつかどこかへ消えてしまった。

「……確かにその子と、橋をカラコロ渡った覚えがありますけど。でも、その橋は十六夜橋だったし、その子の名はお国じゃなくて、お雪《ゆき》だったと思います」

蚯蚓の皺がぐっと深くなった。

「……あの空から降る白い雪で？」

「ええ、お雪ちゃん」

「その遠縁の家ってのは覚えていなさるかね」

「さあ、なにぶんにも子どものことですから」

お瑛はお茶をすすめて言った。

「でも親分さん、なぜそこまでお国さんを？　訴えは取り下げられて与兵衛さんは一件落着でしょう」

「へえ、亭主はどうでもいいんですがね、女房の方にちと気がかりがありまして。あ、そろそろ雨も上がったようで……」

蚯蚓の親分はお茶を一気に啜り上げると、茶碗を置いて立ち上がった。

「茶をご馳走さんでした、じゃ、また」

千次は逃げるように雨上がりの町に駆け出した。

水しぶきを上げるその後《うしろ》姿を見送ってから、お瑛は雨に洗われた柔らかい色の夕空をしばし見とれていた。


「……うん、いたいた、確かにお雪って子、いたよなあ」

絵日傘を見るなり、好物の茄子《なす》の浅漬けを食べる箸を止めて誠蔵は言った。手に取って、懐かしそうに開いたり閉じたり。その度に何度も頷いた。

「しかしよくこんなの取っておいたよな」

「義母《はは》のすることですもの」

昼間、お民を手伝わせて、蔵から探し出したのである。

お豊の手で仕舞われた証拠に、それは丁寧に油紙に包まれ、紐で結ばれていた。おかげで派手な紅色はあまり褪《あ》せておらず、広げると、蝶が今も変わらぬ鮮やかな極彩色に羽ばたいた。

それを見た時、お瑛はしばし遠い過去の記憶に呑み込まれた。

実を言うと、一つだけ千次に言わなかったことがある。そのことが急に生々しく思い出され、息がつまりそうだった。

幼い頃の記憶だから、確かではない。幻聴だったか、自分の作った幻か、今はおぼろなのだが、お瑛にはこんな覚えがある。

いつかお雪と二人で十六夜橋を渡った時のこと。お太鼓橋の真ん中まで来た時、お雪はふと立ち止まり、傘をぐるりと回すようにして振り返った。

「お瑛ちゃん、首吊りって見たことある？」

「えっ」

お瑛は驚き、ぬめぬめとした掘割の水面に目を落として首を振った。

「お雪ちゃんは見たの」

お雪は頷いた……ような気がする。だがその顔はすぐ日傘に隠れてしまい、記憶はそれでぷっつり途切れている。

その時お瑛がぼんやり思ったこと。それはたぶん亡くなった両親のどちらかが首を吊り、それをお雪が見たのではないかということだ。その想像は今も生々しい。

「しかしあのお雪が、いつからお国なんだよ」

調理台の向こうで、若旦那の新吉《しんきち》が言った。

かれも手習いの塾が一緒で、あのお地蔵様の原っぱでよく遊んだ仲間の一人である。当然、お雪を知っていた。

今は庖丁人として十軒店《じっけんだな》のこの『井桁屋』をつぎ、帳場は姉のお里《さと》にまかせていた。お里は、新吉とよく似てお世辞にも美人とはいえないが、愛想がよく、こま鼠のように動いて店を切り盛りしている。

「そこが問題なんだけど、蚯蚓の親分は何も言わずに帰ったの。何か隠してたみたいね」

「いや、お国と、お雪はぜんぜん別だと思うな」

誠蔵が冷や酒の猪口を口に運びながら言った。

「だってさ、あの美人が、駿河くんだりの小料理屋にいたなんて妙じゃないか。亭主が、文無しの爺だったというのも納得いかねえ。あの子の家って、確か大きな銘酒屋だったよな。あそこ、灘屋っていったっけ」

「あら、銘酒屋だったの？」

「堀留町のごちゃごちゃした路地裏にあったけど、すげえ繁盛してるって聞いたことがある。お雪ちゃん、そこの看板娘になるとばかり思ってたよ」

するとと新吉が得たりとばかり言葉を挟んだ。

「そうそう、灘屋ね。あそこは蝮酒《まむし》まで揃ってる店だった。だけど、だいぶ前に潰れちまったんだよな」

「えっ、そうだっけ」

「中気か何かで主人が急死したんだよ。世話好きな、愛想のいい人だったけど、あれで店もダメになった」

そこへ遅れて、廻船問屋の番頭をつとめる善次郎が加わった。絵日傘を見ると、かれも手に取ってしげしげ眺めた。

「あの子、こんなの持ってたっけ。お雪ちゃん……。観音様みたいおっとりしてたけど、どうしたかなあ。確か十四か五で、踊りのお師匠《しょ》さんと駆け落ちしたとか」

「おまえ、ふられたんだろ」

新吉がまた調理台の陰からからかうように言った。

「お雪ちゃんがいい仲になったのは、そのお弟子だよ……」

「十四、五で男作って駆け落ちか、やるねえ、お雪坊も」

「ちょっと！」

黙って聞いていたお瑛が癇癪玉《かんしゃくだま》を破裂させた。

「あんたたち、ずいぶんお詳しいじゃない。あたしは何も知らないわ」

あたしの前じゃ無関心を装い、お雪の噂話なんてしたこともないくせに陰ではしっかり観察し、互いに情報交換していたのだ。

「まあまあ、お平《たいら》に。二十年以上も前の話ってことお忘れなく」

酒をつぎながら誠蔵がなだめにかかった。

「誠蔵の言うとおりだ。それぞれなんだからさ」

善次郎が言った。

「なーにがそれぞれよ、あたしには内緒で陰でコソコソ」

「コソコソとは人聞き悪いねえ。われわれは昔も今も、お瑛ちゃん一筋だぜ。お瑛観音の神通力には誰もかなわないって」

誠蔵の言葉に座は笑いに包まれた。

かれらが知っているのは所詮ここまでだった。お雪がその後どうなったか知る者はいなかったのだ。

ひょんなことでお雪の消息が飛び込んで来たが、〝日本橋のおエイさん〟を探す人がいなければ、こんなこともなかったはず。これも何かの縁だろう。

「ま、飲みましょ、お雪ちゃんのために」

お瑛が機嫌を直して言い出し、皆は盃を掲げた。

3

翌日は、ぽかぽか陽気のけだるいような晴天だった。

八つ（午後三時）に義母に薬を呑ませてから、お瑛は家を出た。朝のうちに使いを出し、千次と会う約束を取り付けている。

指定された千代田神社は、小伝馬町獄舎の東側にあるお稲荷さんだった。この日は縁日なので、午後から境内を張っているからいつでも来てくれという。

お瑛は本町三丁目を右に曲がり、大伝馬町の交差点を左に折れる。牢屋敷の掘割より一本手前の小伝馬町通りを東に向かった。処刑のある日は、この界隈には獄舎内の処刑場から号泣の声が聞こえ、あまり歩きたくない道である。

神社の鳥居の前に千次はいて、お瑛の姿を見ると寄ってきた。

「どうもすいません、歩かせちまって。帰りにお宅に寄ってもよかったんだが」

「いいえ、あたし、ちょっと耳に挟んだことがあったんで、早くお伝えしたかったもんですから」

お雪のことを知りたい一心だった。

境内の桜は半ば散って、藤棚の藤が伸びていた。案内されるままその下の縁台に座ると、お瑛はさっそく胸に溜めてきた話を吐き出した。

千次は眉間に皺を濃く刻んで聞いていたが、お雪の家が堀留町の灘屋だったと聞いて、ほう……と途中で声をあげた。

「灘屋さんを、ご存知なんですか？」

「へえ」

親分は頷いて立ち上がり、腕組みをしてその辺りをうろついた。しばらく沈黙していたが、やがて戻って、隣りに腰を下ろすなり言った。

「実はあっしが追ってるのは、お篠《しの》という女なんですが」

「えっ……お国じゃなくて？」

「お雪に、お国に、お篠。あっしが証明したいのは、この三人が同、一、人物だって話なんですわ」

十二年前、与兵衛が駿河の小料理屋で会ったのは、当時二十三、四の、色白で美しい江戸女お国だった。与兵衛に惚れられて所帯をもったものの、わずか一年で家を出る。

再びその姿を目撃されたのは、江戸の柳橋だった——。

その話を聞いて、千次はある六感が働いたという。浮世絵にしたいような垢抜けた江戸女。実直だけが取り柄みたいな、年の離れた亭主の与兵衛。この背後に何か、隠されたものがあるのではないか。

そう疑ったかれは、同心の服部《はっとり》様に願い出て、十二年以上も未解決のまま迷宮入りしている科人の人相書きを見せてもらった。その中から美人ばかり十数枚抜き出して、与兵衛に見せたところ、かれは〝お篠〟という女の人相書きを示したという。

迷宮入りの事件を解決できるかもしれない、とそれからの千次は、功名心に逸《はや》り立っていた。

「お篠って人は何をしたんです？」

「殺しでさ」

「殺し……」

お瑛は唾を呑み込んだ。

「でも……人相書きなんて、どれだけ当てになるものかしら」

他人の空似《そらに》ということもあるし、時の経過で顔が変わってしまうこともあるだろう。それをすっかり信用するのは危険だとお瑛は思った。

「まあ、しかし、特徴を案外ととらえてるもんでしてね」

「どんな事件だったんですか」

「品川じゃ名の知れた旅館で、一晩に二人が死ぬという事件がありやしてね。ええ、もう十三年も前のことですが」

一人はその旅館の離れに泊まった客で、女を待つ風情で呑んでいたが、相手が来ないまま一人で泊まり、朝になってみたら夜具の中で吐瀉物にまみれて死んでいた。

もう一人はこの旅館の女将である。明け方、苦しむ声に使用人が駆けつけ、もがき苦しんでいる瀕死の女主人お紋《もん》を発見した。

暑い夏の盛りだったので、初めは食中毒と考えられた。夕食に古いものを出した可能性はあるだろう。

ところが遺体を調べた医者が、口唇の爛《ただ》れや、苦しみ方からして、毒草による中毒死と判定したという。

「おそらくトリカブトの毒であろうとね。それで、あっしらの間じゃ、品川二人殺しと言われたんですわ」

「トリカブト……」

不意にある光景が甦って、お瑛は目まいがした。帯に手を挟んでしばし深呼吸をする。

あの十六夜橋の袂の草むらに、紫色の可憐な花を見つけたことがあった。摘もうとすると、これは毒だから摘んではだめ、と教えてくれたのがお雪である。花が冠の形をしているからこれはトリカブトと呼ばれ、田舎ではよくニリンソウと間違えて食べて死ぬ人が多い、そう言って、自ら摘んで川に捨てたのだ。

「トリカブトって、それほど毒性が強い草なんですか」

「おかみさん、歌舞伎で四谷怪談、見なすったでしょう。お岩さまはトリカブトにやられたんですぜ」

ああ、とお瑛は納得した。芝居で見たお岩さんが思い浮かび、美しいお雪の顔と重なって、何がなし身震いした。

「その客の身元が分かるまで、結構時間がかかったと聞きやしたよ。偽名で泊まってたんでしょうな。遊び人だったらしく、家の方じゃどこかにしけこんでるとタカをくくり、届けを出すのが遅れたようで」

女将のお紋は五十半ばのやり手で、酒席に侍《はべ》る女たちに、熱心に芸をしこんでいた。芸者並みの芸を見せれば、それなりの酒代を取れるからだ。

そこでお紋の師匠である新橋の家元から、定期的に泊まりがけで師範をさしむけてもらい、朝から昼頃まで一人ずつ指南してもらっていた。

　あの夜に来た師範は〝お篠〟と名乗った。

翌朝、事件のどさくさで、詮議も受けずに帰ったため、新橋の家元宅に岡っ引きが事情調べに行ったところ、お篠という名の師範はいないと言われたのである。旅館から手紙が届き、休みにしてほしいと頼まれて、その夜は誰も派遣していないと。

客の身元はいずれ割れたが、死人に口なしで、お篠やお紋との接点は不明のまま、迷宮入りしていた。

　客の所持金と、お紋の手文庫の金がごっそり紛失していたことから、金欲しさの犯行であり、犯人はお篠と目された。その身元も所在も今もって不明のままという。

「いや、おかみさん、説明が長くなりました。その殺された男客ってのが、つまり灘屋の主人なんでして」

　お瑛は息を呑んだ。そういうことだったのか。もしお雪がお篠だとすると……。あらぬ想像に恐怖し、千次を見つめる目は瞬きも出来なかった。

「灘屋宗次郎《そうじろう》。先ほどのおかみさんの話じゃ、どうやらお雪の養父にあたるか親戚のようですな」

「でも、灘屋さんは中気にあたったと聞きましたが……」

「表向きはね。人格者で通っていたあの灘屋の主が、品川の旅館で正体不明の女に殺されたとは、世間体が悪くて言えなかったでしょう」

お雪が家に帰るのを嫌ったのは確かである。だが、あの愛くるしいお雪が、養父を殺すなんて考えられなかった。

「でもお国さんがお篠の人相書きに似てる、とは与兵衛さんが言ってるだけでしょう。それだけで、お雪ちゃんが人殺しだなんて……」

「しかし、お国が与兵衛の前に現われたのと、品川二人殺しは時期が一致してますよ。それにお国がお雪でなけりゃ、どうしておエイさんを知っていたのか」

「誰かから伝え聞いたとは考えられません？」

「うーん」

お国とお雪を繋《つな》ぐものは、〃おエイさん〃であり、お国とお篠を繋ぐものは〃人相書き〃である。お雪とお篠を繋ぐものは〃灘屋〃である。なんとも謎めいた円環だが、どこかが切れれば成立しなくなる。

「しかし、お雪はどうして家を出たんですかね」

「駆け落ちと聞きましたけど」

お瑛はそれきり黙り込み、木々の向こうをぞろぞろ歩くのどかな参詣客に目を向ける。だが品川二人殺し、という言葉が頭に刻み込まれ、離れることはなかった。

「まあ、いずれにせよ、その一人を探し出さないことには始まりませんやね」

気を取り直したように、親分は言った。

4

お瑛の話を、お豊は暗い天井を見上げて聞いていた。

四月にしては蒸し暑い夜で、閉め切っていると空気がこもって、ひどく息苦しい。お瑛は納戸から古い団扇《うちわ》を取り出してきて、パタリパタリと母に風を送りつつ、千次から聞いたことを話した。

「ふーん、灘屋さんねえ」

聞き終えてお豊は呟いた。

「あそこのご主人が、不幸な死に方をしなすったとは、確かに聞いたことがある。あんな世話好きないい方が、とみな驚いたもんだよ。ただ……」

遠くで鳴る寺の鐘の音が、夜のしじまを震わせる。その音の行方を確かめるように、お豊はそれきり黙り込んでいる。

首吊りって見たことある？

そう訊いたお雪。彼女は父か母の首吊りを見たのだ。そのような不幸が一家に襲いかかり、そのためお雪は遠縁の灘屋に預けられた——。

「ただ、なに……？」

深い物思いからわれに返って、お瑛は先を促した。

「いえね、ちょっと思い出したことがあるの。でも隣り町だから、あまりよくは知らないんだよ。そうねえ、あの灘屋なら、あたしよりお初がよく行ってた……」

そこへお初がお茶の盆を持って入って来た。

「ああ、ちょうどよかった、ねえ、お初、灘屋さんて覚えてるでしょう」

「灘屋というとあの銘酒屋のことで？」

「左前になってから、皆どこかへ行きなすったのかねえ」

「よくは存じませんが、ほれ、あそこの何ていいましたか、ああお彩《さい》さん、あの子は上野の料理茶屋にいるって聞いたことありますわ。……でも、だいぶ古い話ですけどね」

「お彩さんて、灘屋の娘さん？」

お瑛は、羊羹一切れを指でつまんで口に放り込んだ。年寄りの話は廻りくどく、なかなか結論に辿りつかない。

「いえ、あそこの奉公人でした」

「ご主人が亡くなる前のことね」

言いつつもう一切れつまもうとして、お初にギュッと指をつねられた。

「これは奥様の分ですよ。お嬢様、お初の出すものは太るってこぼしておいでですが、奥様の分と二人前、召し上がるからじゃございませんか」

「これお初、ケチなこととお言いでないよ。一人前のおかみになるには、腰回りがこの倍にならないといけない」

お豊の言葉にお瑛はがぶりとお茶を飲んだ。

「で、お初、どこへ行けばそのお彩さんに会えるって？」

お初は記憶を辿りながら、水茶屋の名前を教えてくれた。


それから数日後、お瑛は両国橋の近くで迷子になっていた。

ああ、あめぇ、よかあぁ、あめぇ……と飴売りが通る。梅干しやー、あおうめ……と青梅売りが通りかかる。

そばを荷車がガラガラと埃を上げて駆け抜けて行く。往来を武士や町人が次々と通り過ぎる。この辺りに間違いないのだが、さて、どちらに行ったらいいものやら。

お彩という娘は、上野の茶屋をとうにやめており、今は両国の賭場で壺を振っていると教えられたのだ。

賭場と聞いて気後れがしたが、とうとう重い腰を上げて出て来た。部屋に立てかけてある絵日傘が、お瑛をせきたてるのだった。早く持ち主に返してあげなくちゃ、と。

ところが大体の地理は聞いてきたものの、どうも道がよく分からない。迷ううち、そろそろカラスが鳴き出す時刻である。路上の屋台で道を訊こうかと、きょろきょろしていると、背後から呼ぶ者がいた。

「おかみさん、お瑛さん……」

特徴のあるその声に、はっと振り返った。

そこに立っているのは、あの雷雨の日、店に顔を出して千次のことを蚯蚓の親分と呼んだ、あの小粋な女ではないか。

髪を櫛巻に結い、黒襟に臙脂《えんじ》の格子の着物を抜き衣紋《えもん》に着て、襟あしの白さを見せている。すらりと背が高く、細面《ほそおもて》の目が切れ上がった美人だった。

「まあ、あの時は失礼致しました」

「いえ、あの蚯蚓の親分がいちゃあ、話もできやしない」

女は肩をすくめて軽く笑った。

「ちょうどよかった、近いうちまた蜻蛉屋に顔を出そうと思ってたところだから」

「まあ、どうぞおいでなさいまし」

彼女は左右を見回して、お瑛を道路際に引っ張っていった。

「あの蚯蚓が〝日本橋のおエイさん〟の聞き込みに来た時、あたしにはピンときたの、蜻蛉屋のお瑛さんだってね。で、先回りして知らせてあげようと思ったら、向こうが先だった」

「それはどうも」

「今日はまたどうして？」

「賭場にいるという、お彩さんて方を探してるんですが」

「お彩？」

彼女は引き締まった頬をしかめた。

「お彩ならとうに賭場をやめましたよ。話によっちゃ、会わせてあげてもいいけど、何の用なの？」

お瑛は面喰らって、首を傾げた。

「ちょっと訊きたいことがありまして」

「何なんです、その訊きたいことって」

女は切れ長な目でじっと窺って言う。

「あの、灘屋という、古い銘酒屋のことなんですが、お彩さんはそこにいたと……」

「灘屋……灘屋宗次郎？　まさか蚯蚓の親分、品川二人殺しを追ってるんじゃないだろうね」

ズバリ言われて、その勘の良さにお瑛はうろたえた。

「あ、ご存知でしたか。あの、あなたは……」

「ああ、あたしがお彩だ、サイコロのお彩といえば、この界隈じゃちょっと知られてたんだけど……」

首をすくめ、長い指の先で鬢をかきあげる。

お瑛は仰天して、お彩に目を釘付けにした。ああ、あたしは何てボンクラだろう。茶屋娘らしい女を想像してきたなんて。目の前のこの女こそ、壺振りにふさわしいではないか。

お彩は往来を行く誰かに目を止めている。人通りはむやみに多く、いったい誰を見ているのか分からない。不意にお彩は視線をもどして言った。

「ちょっとそこまで付き合っておくれな。往来の立ち話もなんだしさ、ふふ……あたしゃ会いたくないやつが多くてね」

お瑛が頷くのも待たず、さっさと踵《きびす》を返して、そばの小路に入って行く。その裾さばきのきれいさは、惚れ惚れするほどだ。

路地を曲がってすぐの水茶屋の前で振り向き、暖簾をくぐった。土間の真ん中に茶釜があり、それを囲んで茶席があって、一つ一つ洒落た衝立てで仕切られている。

お彩は馴れた様子で、隅切窓から外が見える隅っこの桟敷《さじき》に腰を下ろした。前垂れ姿の茶屋娘が出てくると、親しげに挨拶を交わし、茶を頼む。

「さ、お瑛さん、話してちょうだい。蚯蚓が今ごろ何を追いかけてるんだか」

お瑛はすべて話した。千次が捕まえた無銭宿泊の男が、お国という女房を探していること、そのお国はどうやらお雪であるらしいこと。お雪は、お瑛の少女時代の仲良しだったこと……。

「それで、お雪ちゃんの消息を知るために、灘屋のことに詳しいお彩さんを探していたわけです」

「ふーん、そういうこと」

お彩は頷いて、考え込みながら言った。

「お瑛さん、知っておいでかしら、灘屋は表看板は銘酒屋だけど、裏じゃ闇の金貸しやってたって」

「金貸し？」

お瑛は目をむいた。

「とても面倒見のいい方だと聞いてましたが」

「ふふん。見ようによっちゃ、面倒見のいいやつだったかもね。あいつ、日なし貸しとか〝おどり〟とか、そりゃ目ン玉飛び出そうな高利で、金を貸してたんだよ。期日まで返せなくて泣きついてくると、愛想よく話を聞いてやる。つまるところ、あいつは、借金のかたに女房子どもを取り上げて、いかがわしい闇商売に叩き売るわけさ。妾や、月決めの女として、旦那衆に斡旋するんだ。その限りじゃ、あんなに面倒見のいいやつはいない」

客は他にいなかったから、お彩は格別声をひそめるでもなく眉を吊り上げ、独特の疳のたった声でまくしたてた。

「表づらはにこにこして凄くいい人だけど、裏に回ると何でもやる閻魔大王みたいなやつだったよ」

「ほんとですか……お彩さん、どうしてそんな所に奉公しておいでで？」

「あたしは質草さ。お父っつあんが借金こしらえちゃったから。まだ十かそこらで、丁稚奉公よ。昼も夜も働かされたよ、深川のお女郎に売られた方がまだましだったたかも……」

　お彩は窓の向こうに目をやって、声をとぎらせる。

「旦那が殺された時、あたしは十八。ふふ……ぶっちゃけ拍手喝采だった。ほんとに天にも昇る心地だったねえ。おかげでようやくあそこを出られたんだもの」

　茶を啜り、声を出さずに笑う。

「お彩さんが入った時、お雪ちゃんはいたんですか？」

「ああ、お雪さんとは入れ違いだった。あたしを入れたのは、あちらに逃げられたからでしょ。あたしより二つ三つ上と聞いてたけど。ずいぶん探したみたい……」

「お雪ちゃんは両親が亡くなったんで、遠縁の灘屋の養女になったと聞きました。小さいうちから踊りや三味線を習わせてもらい……」

「ふふん、遠縁だか無縁だか知らないけど、いずれ妾にしようってげすな魂胆なのさ。芸をしこんでおきゃ、どこにでも高く売れるしね」

「あの家のご家族は？　おかみさんとか……」

「あの家には旦那と、そのおっ母だけ……こいつが業《ごう》つく婆でさ。金貸しを絵にすりゃあなるって感じの、典型的な鬼婆だったよ。あの姑のせいで、おかみさん、出てっちまったんじゃない。奉公人は、丁稚と番頭の他に、腕っぷしの立つのが四、五人

お瑛は納得した。

いたっけねえ」

お雪が家に帰りたがらなかった理由を、お瑛は納得した。

「で、お雪ちゃんの消息ですが」

「それは知らない。付き合いはなかったし……」

お彩は目を落としてお茶を啜る。茶碗を摑む手が真っ白で華奢だった。

「蚯蚓の親分が、お雪さんを探してる理由って何なんだい。品川二人殺しの被害者はあの閻魔大王だけど、まさかお雪さんを疑ってるわけじゃ……」

「さあ、どうなんでしょう。駆け落ちしたと聞きましたが」

お篠という女のことは、胸の奥に畳んでおいた。

「駆け落ち……？」

お彩は口を歪めて笑った。

「養女のはずが、妾にされかかって逃げ出したんだ。目黒の大店《おおだな》の娘で、蝶よ花よと育ったお嬢さんでしょ、耐えられなかったんだ」

「その大店って？」

「三州《さんしゅう》屋っていう乾物屋だけど、火事で焼けちゃった。もうどこにもないよ。そこの主人が、火事の穴埋めを灘屋に頼ったのが間違いのもとさ……」

5

帰り、本石町の寿堂《ことぶきどう》という調査専門の店に寄って、調査を頼んだ。店の近くまで戻った時、暮れ六つの鐘を聞いた。

「や、おかみさん、お帰りなさい」

ちょうど暖簾を下ろしに出てきた市兵衛が、目配せして囁いた。

「蚯蚓の親分さんが来てますよ。待たしてもらうと言って、きかないんでね」

お瑛が入っていくと、上がり框に腰を下ろしていた千次は立ち上がって、慇懃に頭を下げた。

「おかみさん、ちょっと待たしてもらいやした。いえね、お詫びしなくちゃならねえことが……」

「あらまあ、何でしょう」

「へえ、お国が見つかりやした」

お国が見つかった？

「まあ、いきさつは長くなるんで省《はぶ》きますがね、ともかく与兵衛はお国と対面したんですわ」

「ど、どういうことです？」

「いや、どうも大変お騒がせして」

すぐに整理が出来ずお瑛が呆然と立っている前で、千次がぺこぺこ頭を下げている。

「あの、お国は、お瑛さんの言いなさったように、お篠でもお雪でもなかったんで。

お国は店の金を盗んで江戸を出て、しばらく駿府に潜伏していたらしい」

「…………」

「つまり人相書きのお篠と、お国はよく似てたってことですよ。あっしが見ても、まあ、確かに似てないでもない」

「じゃ、〝日本橋のおエイさん〟の話は……？」

千次は眉間の皺を浮き上がらせて、また頭を下げた。

「その話もおかみさんの言いなすったとおり、また聞きでしてね、はい……」

消え入るような声で言う。

お国は二十三、三の頃、深川で酌婦をしていたのだが、その頃に知り合った出入りの芸妓から聞いた話だという。二人は年齢も同じで、よく似てると客に言われていたらしい。

「その深川の芸者さん、名前は何と？」

「ええと、胡蝶《こちょう》とか……」

胡蝶……。絵日傘の蝶が鮮やかに目の中で羽を広げた。

「その胡蝶さん、踊りが得意じゃありません？」

お瑛はすがるように言った。

「へえ。そりゃもう踊りと三味線じゃ、深川でもぴか一の芸妓だったそうで。お国のやつ、その芸妓に憧れるあまり、身の上話までも、我がことにしたんでしょうよ」

「日本橋と十六夜橋を間違えたのも……」

他人の話だからなんですねえ、とお瑛は喉の奥で言う。

目の奥にいたあの絵日傘の蝶が、華やかに羽を広げて飛び出してきた。

「お雪ちゃんです、胡蝶さんはお雪ちゃんに間違いありません。その芸者さん、その後はどうなりました？」

「それが……。お国のやつ、その後のことは何も知らないと」

「お国さんは、盗みでお咎めを受けるんですか」

「そんなこと、知ったこっちゃありませんや。時もたってるし、あっしの関わりじゃねえんでね」

千次は憮然とした顔で言った。

「品川二人殺しは、振り出しに戻ったわけですね？」

「ま、そういうこってす。あのとんまな無銭宿泊野郎が、人騒がせな間違いをしてくれたおかげで、すっかり迷惑かけちまって。この埋め合わせはいずれ……」

「いえ、迷惑だなんて。おかげ様であたしも、お雪ちゃんの消息を少しだけ知ることが出来たんですから」

言いながらも、お瑛は落胆したような安堵したような、複雑な気分だった。お国とお雪をつなぐ線はこれで切れた。しかし胡蝶という女が新たに浮かび出た。

「ああ、これで終わったわけじゃありませんよ。その胡蝶とお篠が同一人物だと、あっしはみてますんでね」

まだかれは、迷宮入り事件の解明を、すっかりあきらめたわけではないのだ。

千次はぺこぺこ頭を下げて、逃げるように出て行った。


何だったのかしら、この騒ぎは――。

その夜、開け放った涼しい縁側に座って、つらつら思った。静かな庭は湿った闇に閉ざされ、膨らんだ芍薬《しゃくやく》の蕾が、じっと開花の時を待っているようだ。

大山鳴動して鼠一匹か。

いや、そうではないだろう。考えようでは、与兵衛が間違ってくれたおかげで、遠い思い出の中に眠っていたお雪が、今に甦ったのである。

与兵衛が、女房のお国を、お篠の人相書きと間違えたのも、あるいは運命的な〝出会い〟かもしれないと思う。お国が、お篠を呼び寄せたのである。岡っ引きが動いたからこそ、話はお瑛までたどりついたのだ。

もしかしたらお雪がお瑛を呼んでいたのかもしれない。お瑛の他に、心に住むあの幼なじみの真実を知る者はいないのだ。

問題は、深川芸者の胡蝶がお篠と繋がるかどうかだ。銘酒屋の主人と宿の女将お紋を、トリカブトで鮮やかに殺《あや》め、忽然と姿を消した女。それが果たして、胡蝶に繋がるのかどうか。

表通りを、チリチリと風鈴がゆっくり通り過ぎていく。夜泣き蕎麦である。続いて、そばえー、そばー……と売り声がし、どこか遠くでがらがらと戸を開ける音がし、犬が吠えた。

寿堂がやってくるまで、まる三日かかった。

なにしろ三州屋は、二十何年か前に倒産した乾物屋である。お瑛がまだ六つか七つ、お雪が十一、二の頃のこと。当時を知る人も少なく、関係者を辿るのに、思いのほか時間がかかったという。

それでも寿堂のもたらした情報は幾つかあった。

三州屋は、界隈ではよく知られた大きな乾物屋だった。まだ若い主人夫婦と、主人の母親、小さな娘とその弟の五人家族、奉公人は数人いて、かなり繁盛していたという。

ところがある夜、この幸せな一家を、大惨事が襲った。勝手附近から出火し、蔵を残して家と店が全焼、主人の母親が逃げ遅れて焼死したのである。

それが三州屋の不運の始まりだった。

若い主人は店の再建にかかる費用を、それまであまり付き合いのなかった遠縁の灘屋に頼った。火事見舞いに現れた宗次郎を信用したのである。

灘屋は大いに同情して快く金を貸し、利子は取らないと言った。

だが三州屋が家を再建し、少しずつ商売が軌道に乗り出したその頃から、高利の利子に追い回されることになる。金貸しは宗次郎本人ではなく、その母だったため、口約束は通用しなかったのだ。

取り立ては厳しく、やがて家と店を差し押さえられ、一家は蔵で寝起きするようになった。

灘屋はこの土蔵までも差し押さえ、一家がこの土地から出て行くよう、周囲に枯れ草を積み、火をつけて、燻《いぶ》り出したという。

夫婦は娘と息子を土蔵の外に出し、梁で首を吊って死んだ。

残されたお雪は灘屋に引き取られ、弟は行方不明――。

6

お瑛は慄然とした。あまりに無惨な一家の記録だった。あのおっとりしたお雪が、こんな過去を背負っていたなんて。いったん疫病神に取り憑かれた家は、とことん滅ぼされると、それは運命の理不尽さを教えているようだ。

「ああ、市さん、店を閉めたらあたし、井桁屋に行ってくる」

お瑛は報告書を穴があくほど見つめて、急に独り言のように言った。

これを見ていて、不意に脈絡もなく思い出したことがあったのだ。

「はい、店仕舞は手前がやりますから」

「新ちゃんと話があるし、ご飯はあちらで食べる。市さんも、あとで呑みに来ない」

「よろしいので？」

「あんたにもちょっと聞きたいことがあるの」

「手前に？」

お瑛は頷いた。初めから何かしら、掛け違えたような気がし始めている。もっと早く気づくべきことを、うっかり見過ごしていた。

『井桁屋』でひとり盃を傾けながら、お瑛は先ほどから思い出していたある光景を、繰り返し胸に描いた。

まだ時間が早いせいか、店は空いていて、新吉は手持ち無沙汰そうに庖丁を研いでいる。

お雪は、十一、二の頃に家が崩壊して、灘屋に預けられた。そして十五、六で男を作って駆け落ちしたという噂である。

その後どんな足跡を辿ったのだか。ただ二十三、四の頃には、深川にいてお国と顔見知りになっていて、踊りと三味線がぴか一の芸妓だったと思われる。

そして品川二人殺しが起こったのも、その頃のことだ。

お瑛は行方不明の弟について、何とか辿れないものかと寿堂に聞いてみたが、これ以上は無理だ、と首を振られた。

両親が死んだ後、この子も遠い親戚に預けられたという。それがどこか分からず、今は生死も不明だという。

しばらく考えてみて、お瑛は一つの共通点に着目したのだ。

お雪が頼ったのは踊りの師匠か門下生だったこと。

お篠は、新橋の家元から派遣された〝師範〟と偽ったこと。

芸妓胡蝶も踊りがぴか一だったこと。

この三人に共通しているのは、踊りである。

当時、その筋はさんざん調べられただろう。それでも、犯人は挙がらなかったのである。

「……新ちゃん、ちょっと訊きたいことがあるの」

新吉が手ずから、夕餉の膳を運んで来た時、お瑛は切り出した。

「こないだ、お雪ちゃんの、踊りのお師匠さんのこと話してたね。その人の正式な名前、分かる？」

「うーん、役者の何とか太夫の門弟で、確か市川《いちかわ》何とかかと」

新吉は上がり框に腰を下ろして腕を組んだ。

「おーい、姉ちゃん、あのお師匠さんだけどさ、千代菊《ちよぎく》っていったっけ？」

新吉は、奥で何か洗い物をしていた姉に声をかけた。お里は前だれで手を拭きながら、精一杯の愛想笑いを浮かべて出て来た。

「そうそう千代菊師匠……お瑛ちゃんもお稽古する気？」

いえ、とお瑛は言葉を詰まらせた。

「お里さんも、その方に踊りを習っておいでで？」

「娘の頃にちょっとね。でもお師匠さんが亡くなったんで、やめちゃったわ」

「ああ、亡くなったんですか」

お瑛は落胆した。その筋は辿れないことが分かったのだ。

お里は空になったお瑛の盃に酒をつぎ足した。

「お雪ちゃんと同じ所で、お稽古してたの。あの子はすぐに居なくなったから、ほんの一、二年かな。でも、さすがにお上手でしたよ。以前、新橋の家元の方でお稽古してただけあって」

「新橋の踊りの家元……？　お雪ちゃん、新橋までお稽古に通ってたんですか？」

「灘屋に来る前のことですもの、なんでもお母様が熱心で、いつもお子を二人連れて来てたって」

「……お雪ちゃんの弟ですね」

「たぶんね。昔、チラと聞いた話だからよく覚えてないけど……」

その時、お客がどやどやと入って来た。

「……らっしゃいまし、奥へどうぞ」

お里はかん高い声を張り上げ、すぐにそばを離れて行く。

「お瑛ちゃん、誠蔵を呼びにやろうか」

新吉が去りかけて言った。

「ううん、一人にしといて。後で市さんが迎えに来るから」

それまでに、考えたいことがあった。お瑛は黙って、ひとり盃を傾ける。外を、流しの三味線弾きが通り過ぎていく。

寿堂の報告書を読んでいて、脈絡もなく思い出した光景を、今また思い返してみる。

それはまだ人妻だった頃、水天宮《すいてんぐう》神社で見た光景である。お瑛も子を授かることを祈願して、この神社に参詣したのだ。

参詣を終えて帰りがけ、二人の女が言い争っている光景を見た。

こちらはもう妊《みご》っていて、安産の祈禱に行く途中らしいのだが、連れの長身の女が、妊婦を急に罵《ののし》り出したのである。

「おまえが勝手に腹ぼてになったんだから、一人で行ってこいよ」

そう野太い声で言い放った。

するともう一人が金切り声で言い返した。

「あんたが孕《はら》ませたんじゃないか」

あの異様な光景が、今になって甦ったのである。

もう一度、お彩に会わなければならない……とお瑛は考え込む。

考えれば考えるほど、目まいがする。市兵衛が来た時はしたたか酔っていた。それでもお瑛は市兵衛に問い、その答えを聞いてさらに深い酔いに沈んだ。

7

ふらりとお彩が店に現れたのは、それから数日後の、芍薬《しゃくやく》が深紅の花を開いた頃だった。

前日にお瑛はあの茶屋まで出かけて行って、親しげにお彩と話していた茶屋娘に伝言を託しておいたのだ。お彩が現れたら、蜻蛉屋に寄ってくれるようにと。

「お瑛さん、また会いに来てくれたんだってねえ」

お彩は艶めいた笑みを浮かべて言った。

「まあ、ようこそおいで下さいました。わざわざお呼びたてして……いえ、ぜひお彩さんに見て頂きたいものがありますの」

お瑛はすぐに市兵衛に店を任せ、お彩を手招きして、裏庭へと誘った。狭い庭だが、花が盛りだった。縁側のそばで早咲きの躑躅《つつじ》、小さな池のそばで、数本の芍薬が今を盛りと大輪の花を開いている。

「まあ、きれい……」

お彩は息を呑んで立ち尽くした。

「芍薬って豪勢な花ねえ。日本橋のど真ん中で、こんな花が見られるなんて。お瑛さんが丹精していなさるの？」

「皆に手伝ってもらって、ようやく咲かせてます。ああ、どうぞこちらにお掛けになって」

開け放った縁側にお彩は腰を下ろした。

「実は、お彩さんにお見せしたいのは、花よりこちらなんですよ」

言って、お瑛はあの絵日傘を広げてみせた。

「この絵日傘の紅色って、芍薬の色に似てますね、芍薬に蝶が止まっている感じ……。お彩さん、もしかして見覚えありません？」

「え？」

お彩は面喰らったように、絵日傘に目を注いだ。

お瑛はそれをさして肩にもたせたまま、シナを作ってくるりと一回りしてみせる。

「お彩さん、何を言いたい……あたしに何を言わせたいの」

「お彩さんて、裾さばきがとてもきれいでしょう。もしかしたら、踊りの心得があるんじゃないかと思って」

それは市兵衛が言った言葉だった。お彩の裾さばきや、指先のシナの作り方や、少ししゃがれた声は、普通の女のものではないと。かれは初めから、お彩が女ではないと疑っていたらしい。

お彩は顔を上げ、涼しい目でじっとお瑛を見返している。お瑛は少し戸惑い、おもむろに言った。

「この傘は昔、踊りの上手な女の子が置いてった思い出のものなの」

「………」

「その幼なじみには行方不明の弟がいてね、お姉さんと同じように踊りが上手なんだ

「ふふん、さすがだね、お瑛さん」

お彩は絵日傘を手に取り、口を歪めて笑った。

そして器用な手付きでくるくる回しながら、やおら口三味線でタンタラタンタラ、タラララ……と前奏を口ずさみ、独特の声であの懐かしい唄を唄い始めたのである。

〝まわる絵日傘、花吹雪、ちょうちょもヒラヒラ来て止まる……〟

橋の上で無心に踊るお雪の姿がお瑛の目に浮かび、目頭がじんと熱くなった。

「そう、この絵日傘はあたしの姉のものよ」

唄い終えて、お彩は言った。

「でも、よく分かったわねえ」

いいえ、あたしはまんまと騙されていたのよ、とお瑛は胸の中で呟く。それほどあなたは完璧な〝女〟だったんですもの。

先に気がついたのは市兵衛である。井桁屋でかれは言った。おかみさん、あの人、女にしちゃ綺麗すぎやしませんか、あの魅力は女のものじゃないですよ、と。

気づいてみれば、歌舞伎の女形をはじめ、女装の麗人はそう珍しくはなかった。時々はっとするほど美しい人を、町で見かけることもある。

だが、お彩については、初めから女と思い込んでいた。何かしら気がかりではあったが、それはそれでいいような気がしていた。誰にだって人に明かされたくない闇がある、それを暴くようなことはしたくないと。

「それにしてもお瑛さん」

絵日傘を畳み、ふと真顔になってお彩は言った。

「しつこいようだけど、どうして分かったの」

「あたしは、抜け作だから、そうすんなりとは分からなかったわ」

お瑛は微笑した。

「蚯蚓の親分がどこかの〝おエイ〟を探していると知って、何故お彩さんがわざわざ報せに見えたのか……。そこでほんの少し、不思議な気がしたのよ。お彩さんは、お姉さんからあたしのこと、聞いてたんでしょう。そのあたしの所まで岡っ引きの手が伸びたか……と不安になったんじゃなくて？」

お彩は肩をすくめた。

「姉ちゃんのこと、心配なんかしちゃいない。あたしだって自分が生きるので精一杯なんだし……」

野良猫がいつの間にか廊下に上がっていて、喉を鳴らしてすり寄ってくるのをお彩はじっと眺めた。

「それに、姉ちゃんは、あの蚯蚓が逆立ちしたって捕まりっこないんだから」

「お雪ちゃんの居所、知ってるの」

彼女はそれには答えず、しばらく猫の頭を撫でて沈黙していたが、おもむろに話し出した。

「あたしは最初、寺に売られたんだ、稚児《ちご》としてね。でも灘屋に買い戻されて、あの旦那の稚児になった。妾にするつもりのお雪は逃げたから、その償いをしろって……。でもその姉ちゃんがあたしを救ってくれた。灘屋が生きてる限り、あたしらの不幸は終わらないって。ああするより仕方なかったんだ……」

お彩はまた言葉をとぎらせ、美しい指先で猫をかまっている。

そっとお瑛が口を挟んだ。

「でも……あの旅館のお紋て人は？」

「ああ。あたしを寺に連れてったのは、あの女だよ。灘屋の鬼婆の隠し子だ」

「へえ？」

「先代の灘屋に嫁入りする前、婆め、いっぱし父《てて》なし子を生みやがった。その子をどこかに預けて嫁に入り、亭主には隠し通したらしい。婆が金貸しをし、質草に女と子どもを取っていた。金が戻らなけりゃ、娘のお紋が闇世界に売り飛ばした。……たいした母娘だよ。灘屋が手を汚さず、親切な銘酒屋の旦那でいられたからくりは、あの女にあったのさ」

お彩は日傘で猫をじゃらしながら、他人事めいて言う。

「事件が迷宮入りしたのも、お紋が江戸の闇に繋がってるからさ。あの女と灘屋の関係は、一筋縄じゃ辿れない。とても蚯蚓の親分には無理だ」

お瑛が身震いした時、猫が欠伸《あくび》をし、ぽんと庭に下りて行った。

「姉ちゃんが、女装を指南してくれたのはね、灘屋を殺《や》った時、公儀の手があたしに伸びるのを恐れたからなんだ。おまえは女として生きなさいってね……」

「いま、お雪ちゃんはどこにいるの」

お彩は首を振り、あれから一度も会ってないと呟き、ぽろりと涙をこぼして言い添えた。

「姉ちゃんは、死んだんだ」

8

寺の境内には、さらさらと水の音だけが響いていた。

裏山から岩を伝い落ちる水が、池に流れ込む音である。

口の重いお彩がようよう話してくれたところでは、お雪は芸妓をしていて病死し、向島にあるこの寺の、無縁塚に葬られているという。

ある晴れた日、お瑛は花川戸まで商用で出かけたついでに、足を延ばしてみた。寺は長く続くお屋敷の土塀の外れの、こんもりした緑に埋もれて、危うく見逃すところだった。

藤棚やこんもりした緑の茂みに隠れて本堂は見えない。お瑛は日傘をさして飛び石伝いに進んで行くと、尼僧が庫裡《くり》の前にしゃがみこみ草花の手入れをしていた。

ここが尼寺だと、この時お瑛は初めて気がついた。気づいてみれば、全体に柔らかい空気が流れているような感じもする。

「あの、すみません、こちらに無縁様があると聞いて参ったのですが、どちらでしょう」

お瑛は汗を拭きながら話しかけた。振り向いた尼はまだ十代に見え、こんな若さで……とお瑛は思った。

「ああ、無縁さんですか、そちら……その本堂の裏です」

言われたとおり本堂の裏手に回り込んで行くと、なるほど苔むした何体かの地蔵と並んで、古い塚があった。

お瑛は花と線香を手向けてから、庫裡に戻る。先ほどの尼僧がまだこちらに背に向けて無心に土をいじっている。

「あのう、たびたびすみません、庵主《あんじゅ》さまはおられますか」

「え、はあ、どのようなご用で」

「あたしは日本橋のお瑛と申しますけど、あの無縁塚の仏様について、少しお伺いしたいことがございまして。お経も上げて頂きたいし……」

「ああ、ご供養ですね。はい、聞いて参りますので少々お待ちを」

尼は微笑んでゆっくり奥に消えた。

なかなか戻って来なかった。そう広くは見えない寺は、しんと静まりかえり、物音ひとつしない。お日様は中天にあって、強い陽が日傘を透かして降り注ぐ。日影を探していると、ようやくあの尼が出てきた。

「あの、申し訳ございません。入れ違いに出かけましたようで、ただいま寺におりません。どうぞ今日のところは……」

「まあ」

お瑛はがっかりして、目の前の尼僧の顔を見た。

「そうですか、では……お経だけでも上げて頂けませんか?」

「いえ、あの、寺には私しかおりませんので。私はまだ頭を丸めたばかりの身でございます」

「そうですか……それでは仕方がありませんね」

お布施の包みと、紙に包んで手にしていた絵日傘を、この若い尼僧に渡した。

「庵主さまがお帰りになったら、どうぞお経をお願いして下さい、その時これを墓前に供えて……その後は寺に納めて下さいまし」

尼僧はそれを受け取り、深々と頭を下げた。水の流れる音が境内に満ち、静けさがいっそう増している。

「それにしても、花の多いお寺ですこと」

すぐには立ち去りがたく、お瑛はその場に立ち止まったまま庭を見回した。

「ええ、野の花や、薬草が多いんですよ」

尼僧は微笑んで言った。

「ほら、それは京かのこ、こちらの白い花は白鳥草、あれは移り紅……」

聞くともなしにその説明を聞くうち、きらめく陽の中を、いつの間にかヒラヒラと白い蝶が舞っている。

こんな儚《はかな》げな蝶でも、薄桃色の花むらに、黒い小さな影を落として飛んでいる。

見るともなくその蝶の行方を目で追っていて、はっと我が目を疑った。

視線の先に庫裡があり、その窓の御簾《みす》が揺れている。御簾の向こうに誰かがいたらしく、人影が動いたようだった。

誰もいないはずなのに。思わず尼僧を返り見たが、知ってか知らずか、釣りがね草……しもつけ……と尼はお経のように花の名を唱え続けている。

姉ちゃんは死んだ、とお彩は確かに言った。お雪はとうに死んで、蚯蚓の親分の手の届かぬ所に行ったはずである。

再び視線を戻すと、もう御簾はそよろとも揺らいでいない。

蝶の姿もどこにもなかった。

お瑛は思わず、尼僧が手にしている絵日傘を見た。

蝶はここから抜け出し、自分を寺まで招き寄せ、今またここに戻ったような気がしたのだ。

お瑛の目の奥で、くるくる絵日傘を回して女の子がゆっくりと踊り始める。

三の話　走り梅雨《つゆ》

1

蜻蛉屋と染め抜いた暖簾《のれん》を分けて、お客が入って来た。

島田髷《まげ》の似合うまだ十五、六の娘が二人。何を喋っていたのか、ふふふ……ほほほ……としきりに笑い合っている。

「いらっしゃいませ」

草木染めの反物《たんもの》を整理しながらお瑛は言い、つられて微笑んだ。

「まあ、いいお色……」

一人がべんがら染めの赤い布地を手に取ったが、……あれでよかったのかしら、あら、だって見ちゃいられないんだもの……などと言い合っては、クスクスと笑い続ける。

そんなに楽しいことがこの世にあるかしらん、とお瑛は思う。

自分が同じ年頃だったころ、こんなに無邪気に笑っていた記憶はあまりない。近所の子どもらと遊びに興じ、この日本橋界隈で名うてのお転婆娘ではあったけれど、心のうちは見かけほど単純なものではなかったような気がする。

自分を、この家に置いて姿を消した父のことが、いつも暗い尾を引いていた。

父はきっといつか迎えに来てくれるだろう、それまで義母のお豊を頼って、一人立ちできる力をつけるしかない、そう思い決めたのが、この娘たちの年頃だったように思う。

まだこの世の悲しみを知らないふくよかな娘たちを、お瑛は微かに嫉妬している自分に気づいていた。

二十九歳。会うだけ会ってみたら……と義母のお豊のすすめる縁談が、ふと胸をよぎる。

妻に先立たれた両替商の若旦那で、押し出しもよく、何とかいう歌舞伎役者に似ているとかいないとか。

「嫌なら断ればいい。ともかくあたしのことは考えないでおくれ。手ぶらで、身ひとつで嫁に行くのが一番」

お豊がいつになく乗り気なのは、長く床に臥《ふ》せっているため、これが自分の立ち会える最後の機会と思ってのことか。

だが離縁の経験のあるお瑛には、所帯を持つことは、新たなお荷物を抱え込むことに思えてならない。

今は商いの間口を広げることに、生き甲斐を感じている。お豊の病床を少しでも気持ちよく整え、番頭の市兵衛と下女のお民とばあやのお初に、もう少し給金をはずめたら。

「少し考えさせて」

そう先延ばしにしてきた返事の日が、明日に迫っている。

何も買わずに娘たちが出て行った店内には、まだ笑い声が残っているようだ。雨になりそうなむし暑い日で、お瑛はたまらなく外の空気が吸いたくなった。

八つ（午後三時）を告げる時の鐘を聞いて、奥に引っ込み、お豊に薬を呑ませてから、着物を着替えて店を出た。

両国橋近くの紅《べに》問屋に、反物を届ける用がある。番頭に届けさせてもいいのだが、お瑛に少し考えがあった。

その足で室町の紙問屋『若松屋』に寄り、店主で幼なじみの誠蔵を呼び出した。これから両国まで行く用があるし、ちょっと相談したいこともあるから、あの辺りで久しぶりに呑まない……と持ちかけたのだ。

おっ、いいねえ、と誠蔵は機嫌よく乗ってきた。

近年まで二流だった若松屋は、この不景気な時代、大いに繁盛している。誠蔵は美濃和紙の販売に手腕を発揮し、湯島支店の他に、近々にもう一つ店を出すという。

「両国なら大川端の『一橋《いちはし》』がいい、先に行って呑んでるよ」

とたちまち話が決まった。

用を済ますと、お瑛は両国広小路の雑踏を流されるように歩いた。

通りには、力士の名を染め抜いた幟《のぼり》が賑々しく翻《ひるがえ》り、建ち並ぶ見世物小屋も、縁日の屋台もいつもより多い。橋の向こうの回向院《えこういん》で、勧進相撲があるのだろう。

掏摸《すり》だ、掏摸だ、どけどけっ……。そう呼ばわって群衆の中をかき分けて走る男を見やって、お瑛は何がなし心が浮きたった。

追う者、追われる者、どこにもその両者がいる。

どこかでお瑛を見初《みそ》め、嫁に来てほしい、と仲人を立てて申し込んできた人がいるのだ。会ってみてもいいんじゃないか。

誠ちゃんが何と言うか、それに賭けてみよう。そう思いつつ暮れかけた川べりを歩くうち、気分は少しずつ軽くなっていく。

見世物小屋の横の空き地で、宿無しらしい子どもらが、焚き火を囲んでいた。火で何か焼いているらしい。

「……あの、ちょっと」

道を訊ねようと近寄ると、手前にいた男の子が振り返った。

蝸牛《まいまいつぶり》！　手にしているものを見て、一瞬、お瑛は怯《ひる》んだ。それは焼け焦げた、串刺しの蝸牛ではないか。殻ごと串に刺して焼き、焦げたところを殻から出して食べるらしい。

「まあ、蝸牛……」

思わず言うと、その子は少し得意げに頷《うなず》いた。

「まだ走りで小せえけど、今年は早えぞ、いい場所知ってるんだ」

その子は頭でっかちで、ざんばら髪を一つに束ね、異様に飛び出したおでこの下から、お瑛を見た。痩せていて、目だけ大きい。

小鬼のようなその顔を見て、お瑛は思い出した。いつだったか、仲間に殴られている子を救ったことがあるが、その子では……。

「坊や、いつか会ったことない」

するとかれも思い出したらしく、鼻に皺《しわ》を寄せてにっと笑った。笑えばこの小鬼少年も、意外に愛嬌がある。

「ちょうどよかった、『一橋』ってお店を探してるんだけど」

「ああ」

少年は食べかけの蝸牛を草むらに放って、走り出した。

夕暮れの大川端の桜並木のただ中に、『一橋』の行灯《あんどん》がぼうっとにじんでいる。今は葉桜だが、さぞや桜の季節は美しいだろう。暖簾を割って中をのぞくと、もう座敷は騒然としており、なかなか活気のある居酒屋である。

駄賃を渡してお礼を言い、中へ入ろうとした。

その時だった、入れ違いに出てきた男が、少年にぶつかり、突き飛ばすようにして早足で歩み去ったのである。

何て乱暴な、とお瑛は思った。

「ほら、坊や、こんなおじさんがいるから早くお帰り」

店内はよく磨きこんだ板の間になっていて、小さな衝立てを間仕切りにして、座布団が並べられている。

正面の障子を開け放たれ、通りを挟んだその向こうの大川べりの桜並木が見えている。

誠蔵は眺めのいい一角に座って呑んでいた。その周囲の席はすでに埋まって、がやがやと談笑の声が溢れかえっている。

「こっちこっち……」

手を上げたその顔は、すでに一合徳利くらいは空《あ》けたとおぼしき、艶やかな桜色に染まっている。お瑛は笑い返して、ふと思った。誠ちゃんも旦那顔になったものねえ、と。

下駄を脱ぎ、しゃがんでそれを揃えて、立ち上がった時である。

目を疑うようなことが起こった。いきなり二、三人の男たちが誠蔵を取り囲み、両腕を掴んで立たせようとしているのだ。見たところどうやら岡っ引きらしい。

「何の真似だ、日本橋は室町の、若松屋誠蔵と知っての捕り物かね」

誠蔵はその手を振り払い、落ち着いた様子で言った。

「へい、若松屋の旦那に用があるんで。申し訳ありやせんが、ちょいと番屋まで来ておくんなさい」

　三十がらみの男は懐に十手《じって》をちらつかせ、腰は低いが、有無を言わせぬ口調で言った。

「はて、こちらには心当たりはない。用向きを言ってくれないか」

「おっと神妙にして下せえよ」

「どうしたの、何があったの」

　お瑛は客席をかき分けるようにして近寄った。

「いや、お瑛ちゃん、心配しないで呑んでてくれ。何かの間違いだから、すぐ戻ってくる」

「親分さん、待って下さい」

　誠蔵をせき立てる男たちに、お瑛は取りすがった。

「本人が人違いと言ってるんですよ。何用なのかこの場で聞かせるのが、筋じゃありませんか？」

　あんたら、もともと密告屋の御用聞きじゃないの。いつから同心気取りになってるの、と言ってやりたかった。あんたらには、人を科人《とがにん》扱いして引き立てる権限は、ないはずよ。

しかし、言うも無駄とはこのことだった。三人の男は、酔いも醒めて青ざめた誠蔵を取り囲み、口もとに残忍な笑みを浮かべて引き立てて行く。

賑やかにざわめいていた店内はシンと静まりかえり、息をひそめて成り行きを見守っている。

お瑛は裸足のまま土間に飛び下り、店の外まで追いすがった。このまま一緒に自身番まで従《つ》いていくつもりだったが、店の人に強く袖を引かれて、ようやく立ち止まる。一団が角を曲がって夕暮れの中に消えるまで、その場で呆然と見送った。ぶるりと身震いしてわれに返った。襟をかき合わせ、こうしてはいられない、と急いで中に戻ろうとしてはっと気がついた。

戸口にまだあの子が立っているではないか。今の騒動の一部始終を、戸の隙間から見ていたらしい。

「あら、坊や、まだいたの」

おずおず差し出したものを見て、ぞっとした。蝸牛だった。

たぶん懐にでも入れていたのだろう。お瑛を慰めるつもりだったかもしれない。

だがお瑛は、この類《たぐい》の触手のあるヌルヌル系が、鳥肌が立つほど嫌いだった。何より嫌いなのは蛞蝓《なめくじ》で、庭石などにじっと貼り付いているのを見つけると、髪が逆立ちそうになる。

「まあ、ありがとう」

お瑛は眉をひそめて、かろうじて言った。

「今はちょっと用があるから、坊やお食べ。早くお帰りね」

言い置いて、中に入る。

おう、酒だ、酒だ、呑み直しだぜ……。

そんな声があちこちから上がって、店内はまた少しずつ、ざわめきを取り戻していた。おそらく、張り込み中の密偵が、また何かほじくり返したのだろう、と誰もがうすうす察したようだ。

だがお瑛はそれでは収まらない。一人で呑んでいた誠蔵がなぜこんなことに巻き込まれたか、わけが分からない。

とっさにお瑛は帳場に顔を出し、徳利を数本注文した。

「ごめん下さいまし、只今はお騒がせ申しました」「どうかお許しなさって下さいまし……」

お瑛は徳利を片手に、誠蔵の席の周囲を酌して回った。酒をすすめながら、何があったか事情を聞き出したのである。

大方の客は、お瑛をこの店の女将《おかみ》と勘違いして、気安く見たままを話してくれた。

それによると、誠蔵は隣り合わせに座った客と何か言葉をかわしており、その愚にもつかぬ軽口が、密偵の耳に入ったらしい。

「……こんな御改革じゃ、やってられませんや」

どちらが言ったかは不明だが、途中でそんな断片が耳に入り、やばいな、と感じた者もいたのだ。

というのも昨年、南町奉行に就任した鳥居甲斐守耀蔵《とりいかいのかみようぞう》は、過酷な取り調べで知られている。おとりを使っての捜査が多く、江戸市中に密偵を放ち、御政道の悪口を言った者を片端から連行しているという。そのやり口のあくどさで、妖怪（耀甲斐）とあだ名されているほどだった。

お上がなぜそこまで目くじらたてるのかというと、水野《みずの》様の御改革への不満が、巷に一触即発で膨らんでいたからである。

中でも問屋組合に出された〝解散令〟は、問屋商いに大打撃を与えていた。

これにより、旧来の商人は買い付けの特権を奪われ、新興の商人が自由に市場に参入出来るようになった。しかし値が急に吊り上がったり暴落したりで、市場の均衡が大きく崩れた。

日本橋界隈の問屋は深刻な苦境に立たされ、不満と怒りが、どす黒く渦巻いている。酒の勢いで日頃の鬱憤《うっぷん》を口にする商人がいても、何ら不思議はなかった。あるいは密偵が張っていたのも、それを見越してのことだったかもしれない。

しかし誠蔵は、軽々しくそのようなことを口にする人物ではない。

謎なのは、隣りにいた男である。

その客は三十二、三の手代風で、ひとり手酌で呑んでいた。酒を運んできた仲居に厠《かわや》の場所を訊き、席を立ったきり、戻らなかったという。店には馴染みのない客で、見知っている者はいなかった。戻ってくるという印に座布団に置いていった手拭いも、力士の名を染め抜いた土産品だったという。

店に入る時、入れ違いに出て行った男が今さらに思い浮かぶ。あの男に間違いないだろう、とお瑛は思ったが顔は見なかった。

「いや、若松屋さんのことだ、すぐ帰って来なさるでしょう」

店の主人はそう言ったし、お瑛もそう信じた。

誠蔵は小太りでいかにも善良そうな風貌だが、子どもの頃はよく自身番に突き出されていたワルだった。見かけによらず悪知恵が働き、慎重な性格であることを、誰よりお瑛は知っている。

父親に譲られた紙問屋を拡張し、十人ほどだった奉公人を、三十人近くに増やした手腕の持ち主である。このご時世、滅多なことで、見知らぬ者に本音を明かすようなドジは踏まないはずだ。

その夜更け、雨になった。

2

「……厄介なことになりましたのう」

奥座敷に通されてお瑛が話し終えると、長火鉢の向こうにどっかり座った丁字屋《ちょうじ》は、細い目をしばたたいた。

あれから三日たったが、誠蔵はまだ戻って来ないのだ。

なじみの岡っ引き、岩蔵親分に探ってもらったところ、事態は思いもよらず複雑な様相を見せ始めていた。

「若松屋さんはもう、三四《さんし》の番屋に送られてまっさ。お掛かりは南町奉行の鳥居さま、岡っ引きは閻魔《えんま》の鉄《てつ》って野郎ですぜ」

蜥蜴《とかげ》とあだ名されるほど仕事の早い岩蔵は、すぐにそう報告してきた。

閻魔の鉄……？

「へえ、博徒あがりで、脛《すね》に傷が……そりゃもう何本もありまっさ。やつが絡んでいるとなれば、こいつは長引きますよ」

三四の番屋とは、神田佐久間町の三丁目と四丁目の間にある大番屋のことである。

これが鳥居耀蔵の担当であれば、確かにことは簡単ではあるまい。

それに加えて、誠蔵が言葉を交わしていた相手は、姿を消してしまい、どこの誰かも分からないという。

その男と間違えられたのではないか、とお瑛は推測したが、これでは誤解の解きようがない。

考えあぐんで、日本橋室町のこの穀物問屋丁字屋に駆け込んだのである。主人の嘉《か》兵衛《へえ》は、町の有力者であり、幕府の御用商人でもあった。その上、早世した長男は、誠蔵やお瑛とよく遊んだ幼なじみでもあったのだ。

日頃から若いお瑛に目をかけてくれ、豪商たちの寄り合いや酒の席には、よくお声がかかった。酒席も乱れてくると、日頃しかつめらしい商人らが、驚くほど卑猥な下ネタで盛り上がる。若い娘なら尻込みするような軽口も、お瑛なら涼しく笑ってやり過ごすので、人気があった。

嘉兵衛は、五十がらみのでっぷりした巨漢で、鬢《びん》の毛が薄く、額から月代《さかやき》にかけて脂《あぶら》が光っている。肉の中に目が埋まっている感じだが、じっと人を見る癖のある、瞬きの少ない目だった。

奉行所へのとりなしを頼むと、かれは大きく頷いた。

「お掛かりは南町奉行鳥居さまのようですな。いや、あたしも噂を聞いて心配になって、少し探ってみたんですよ」

丁字屋は腕を組み、ぐっと声を低めた。

「ご承知のとおり、鳥居さまは御老中三羽烏のお一人。冥加金を免除してまで、問屋組合を潰しにかかったおひとだ……。これはハナっから歩《ぶ》が悪い。若松屋さんのことも、おそらくその腹づもりだったんじゃないか」

「というと……目を付けられていたとでも？」

「いろいろ探ってみると、どうもそうとしか考えようがない。若松屋さんはまだお若いのに、力がおありだ。ここだけの話……」

煙管《きせる》をくゆらせてお瑛をじっと見た。

「これはつまり、見せしめのため、やり玉にあがったんだと……そんな噂がもっぱらでしてな」

見せしめ……とはどういうことだろう。

「でも、それほどの目立ったことは」

「いや」

嘉兵衛は鋭く遮《さえぎ》った。

「お瑛さんはお若いんでお気づきにならないかもしれないが、檜物町あたりじゃ評判でしたよ。気っ風《ぷ》がよくて、三日にあげず豪勢な宴席があったと……」

胸の底を冷たい手で撫でられたようだった。

これまで味方とばかり思っていた相手が、急に陽が翳《かげ》ったように、敵の顔に見えた。

確かに誠蔵の金の使いっぷりからして、考えられぬことではない。だが日本橋商人の豪奢な遊び方は、誠蔵などの比ではなかったのだ。

大体、幕府の米蔵を預かるこの丁字屋からして、酒池肉林の豪勢な遊びが過ぎて、経営が傾いているという噂があるほどだ。

おたく、浜町に妾を囲っているでしょうが。

吉原の花魁《おいらん》遊びにうつつを抜かし、廓《くるわ》に繰り出す前は、両国駒止橋の獣肉茶屋に寄り、牛や鴨で精をつけるそうじゃありませんか。

蔵と蔵の間の庭を茶庭にして高価な庭苔を貼りつけ、数寄家を建てて風流を楽しんでいるのは、どこのどなたさま。

この不景気な時代、そうした豪商を解体するために、お上が〝解散令〟を出したのではありませんか？

丁字屋のだぶついた贅肉を見ながら、お瑛はそう思わずにはいられなかった。

「まあ、このご時世ですからね。お若いだけに、密かに目を付けられておったんじゃないのかな」

丁字屋は煙管をポンと叩いて言った。

「このままでは、今後、どうなりましょうか」

「考えたくはないが、まず拷問は免れますまい。苦し紛れに、身に覚えのないことまで自白しなければいいが」

他人事《ひとごと》めいた言い方に、お瑛はかっとなった。

「ですから、何とかお力添えを頂きたいと……」

「むろん、放っちゃおけません。手は尽くすつもりですがね。しかし、ただ……向こうもあらかじめ承知の上のこと、若松屋の身代《しんだい》を潰すところまでやるつもりでしょう。それには、相応の覚悟といいますか、用意がいりましょう」

それきり丁字屋は黙り、また莨《たばこ》を吸っている。

その判じ文のような言葉を、お瑛は胸でくり返した。要するにこの人は、相応の金《きん》子《す》が必要だと言っている。その用意がない限り、一寸たりとも動かないと言っているのだ。

「……その相応の用意とは、いかほどでございます」

「それは、若松屋さんの腹ひとつでしょう」

丁字屋は煙管を銜《くわ》えたまま、明言を避けた。

腹ひとつ……とは一体いかなる額なのか。百両か、二百両か、三百両か、或《あ》るいはそれでは足りない？

「まあ、お瑛さんの一存で決まることでもなし、そのむね、若松屋さんの方に話を通しなすってはいかがです。どのくらいの用意が出来るか……。ことはそれからですよ」

「よく分かりました。どうぞよろしく頼みます」

お瑛は唇を嚙んで、頭を下げた。苦い思いがこみあげ、目頭が熱くなってくる。

早々に丁字屋を辞したが、まっすぐ若松屋に行く気にはなれなかった。

何と老獪《ろうかい》な狸爺……。あの他人事めいた冷淡な態度は何だろう。

無実の者が身の証《あかし》を立てるのに、いきなり金を包めだなんて、冗談じゃない。それでは罪を認めたことになるではないか。

あとで誠蔵が知ったら、きっと怒り出すだろう。

奢侈《しゃし》禁止令はあの人のためにあるのに、引っ掛かるのは誠蔵のような雑魚《ざこ》の類ばかりで、大魚はヒラをうって逃げてしまう。

お瑛は本橋通りの雑踏に身をまかせ、しばしうろつき回った。

何より驚くのは、日本橋を代表するほどのあの大商人が、はた目からは想像も出来ないほど底意地が悪く、嫉妬深く、狭量だったことだ。かれの差配ひとつで、役人などすぐ動かせるのに、なぜそれをしないのか。

もしかしたら丁字屋は若松屋誠蔵に、何か含むところがあるのではないか、とお瑛は勘ぐった。

もちろん丁字屋は、若松屋など及びもつかぬ富を蓄えているだろう。だがかれはもう老齢である。頼みの長男にも先立たれ、次男は身を持ち崩し、身代を任せた娘婿はいまいち覇気がなくて、丁字屋の行く末は必ずしも安泰ではない。

それに引きかえ誠蔵は若く、人気者で、若松屋は新興の店のように景気が良かった。それが内心面白くないのかもしれぬ。

つまるところは嫉妬か。わが息子さえ生きていれば……という口惜しさと嫉妬が、あの大商人を狂わせるのか。この目障りな誠蔵を、生け贄《いけにえ》としてお上《かみ》に差し出し、自分らは逃げきろうとでも？

お瑛はしばらく歩いてから若松屋に足を向け、番頭と会った。

誠蔵は両親と、妻とも死別していたから、相談柱は先代から帳場を預かるこの老番頭しかいなかった。湯島の支店に弟がいるが、まだ若く、すべてこの番頭に頼っているのである。

若松屋の身代が危ないと聞いて、番頭は顔色を変えた。

もちろんすでに岡っ引きから事情は知らされており、入牢時の金の手当はしていた。入牢の時には、ツルと呼ばれる金を密かに持ちこみ、牢内の囚人に挨拶がわりに渡さなければ、かなりきつい折檻を受けると聞いている。

番頭はその金は渡してあるし、奉行所、公用人、牢屋同心、下男といった人たちに、今のところ百両からの大金を使っていた。

だが丁字屋の言うのは、そんなはした金ではない。幕府の権力筋への、賄賂のことなのだ。

「すぐ湯島とも相談致しますが、金子はきっとお瑛さんが言いなさるだけ、用意致しましょう。はい、ここは何とか穏便に頼みます」

店に戻った時はもう、なまめいた夕靄《もや》が町に漂っていた。

とーふぃ、とーふ……と豆腐売りの声が、路地裏を遠ざかっていく。もうすぐ日が暮れるだろう。夕焼け色に染まった町を、お瑛はただ俯いて家路を急いだ。

「おかみさん、店は手前に任せて、奥で休んで下さいよ」

商売そっちのけのお瑛を、市兵衛はねぎらった。

その夜は五つ（午後八時）にはお豊に挨拶をすませ、早々と夜具にくるまった。だが疲れているのに、あれこれ浮かんで眠れない。

やはり誠蔵は嵌《は》められたに違いないと思う。消えた男と、岡っ引き側に、何らかの示し合わせがあったのではないか。

日本橋通りには、呉服の越後屋三井、鰹節の伊勢屋、薬種の天津屋など一流の老舗《しにせ》が軒を並べる。江戸開府以栄えてきたこのお堀端商人と、その富を切り崩して財政の立て直しを図ろうとする幕閣の間には、厳しい暗闘があった。

そんな政と商の狭間に、誠蔵は落ちたのかもしれない。

おそらく幕府側は、まだ若い若松屋を捕えて、日本橋のお堀端商人に脅しをかけてきたのだ。だが商人側は知らぬ顔を決め込み、蜥蜴のシッポ切りを図ろうとしているのではないか。

それが丁字屋の言う〝見せしめ〟の意味ではないだろうか。莫大な金子を若松屋に暗示したのは、そうさせられる丁字屋の力を、幕府方に見せつけようとしているのかもしれない。

そんな想像が広がり、強い不安に襲われてどんどん目が冴えた。むし暑い夜で、子《ね》の刻（真夜中）を過ぎても寝つけなかった。

若松屋の身上《しんしょう》から考えれば、賄賂ぐらいではビクともしないだろう。だが、意地でも渡したくない。その前にやることがあるはずだ。

そう力むと胸が苦しかった。この微力な自分に、何が出来るか。

あたしが、誠ちゃんを呼び出しさえしなければ……。そう思うとことさらに呼吸が乱れる。右に左に寝返りを打ち、ついに苦しくて寝ていられなくなった。

床を抜け出し手燭に火を灯《とも》して、冷たい廊下をすり足で台所まで行った。瓶《かめ》の水を柄杓《ひしゃく》に一杯飲むと、胸が幾らかスッとした。

また廊下を静かに戻る。何となく空気が湿り、雨の気配がするので雨戸を少し開いてみる。いつの間にか柔らかい雨がしっとり庭を濡らしていた。

3

ビュンと石礫《つぶて》が頬を掠《かす》めた。

お瑛が賑やかな本町通りから、静かな裏通りへ入った時だった。

またこんな所で石合戦……。

お瑛はむしょうに腹が立った。駿河屋という幕府お出入りの小間物問屋を訪ねた帰りだが、結果は昨日と同じく、はかばかしくなかったからである。

誠蔵が獄中にいること四日。お取り調べが始まったと、岩蔵が報せてきた。それによれば誠蔵は、お咎めに対して、全面否認したというのだ。

「相手に話しかけられて、二、三、相づちを打っただけのこと、そいつを探してくれ、と申し開きをしなすったそうで」

そうだろう、とお瑛は思う。それしか助かる道はない。

無実の罪が一人歩きしないため、何とかしなければ。そこで浮かんだのが、駿河屋である。大奥に化粧品や扇などを納める御用商人であり、お瑛もそこから仕入れをしている。

大奥を通じて、何とかお奉行様にお取り計らいを願えないか、そう相談をもちかけてみたのだ。

ところが大奥は、今や水野様とは犬猿の仲。かの〝贅沢追放令〟にはどこの誰より猛反発しており、この御老中を追い落とすことに熱心だったから、頭を下げての頼みごとなど、とても無理だと言われた。

「ただまあ、奉行所のお役人に知り合いがいますから、少し聞いてみてもいいですが……」

歯切れの悪い反応に絶望し、早々に店を辞してきたところだった。

こんな時は、日頃は大目に見る子どもの喧嘩も、変に気に触る。

この日本橋界隈はまた、石が雨あられと飛び交う喧嘩が、日常茶飯なのだった。お瑛にも身に覚えがあったから、それがいかに血沸き肉躍る遊びか知らないではない。

でもあたしたちは……とお瑛は思わずにはいられない。

「あたしたちはそれなりに気配りしたもんだわ。川べりや火除け地を選んでやったし、大きな石より小石を集め、木の枝、草の根、すり減った草履などを混ぜたりしたもんよ……」

ところが昨今の子どもときたら、出会いがしらに往来でいきなり始めてしまう。大きな石も平気で投げ、鼠の死骸や、生きた蛇まで手当たり次第に投げ合っている。背後で大人が糸を引いているという噂まであった。

一口に日本橋といっても広く、町ごとに激しい商戦を繰り広げている。特に早くから栄えた日本橋通りと、後進の大伝馬町は昔から仲が悪い。大丸屋など多くの木綿問屋がひしめく大伝馬町は、〝格調〟を売り物にする日本橋通りに対し、〝安さ〟で対抗していた。

しのぎを削る大人たちの反目は子どもらにも伝わり、ちょっとしたことで喧嘩が始まってしまう——。

一瞬そんなことが頭にちらついたが、目前の光景にお瑛は目を瞠ってしまった。いつもの喧嘩ではない。

十歳前後の小柄な子が一人で、大きな子ばかり五、六人を相手に戦っているのだ。

あら、とお瑛は思った。またあの子……？

先日のあの醜い、小鬼のような蝸牛少年ではないかしら。かれは用水桶の蓋《ふた》をかざして巧みに石をはじき、腰を屈めて石を拾ってはすぐに投げ返す。それが次々と命中して、敵方にワッという悲鳴が上がる。

見たところ善戦していたが、いかんせん多勢に無勢、少年は鼻血を流し、額や脛からも血が出ていた。お瑛はハラハラして見るばかりで、手の下しようがない。

追いつめられ、脛に石が当たって、転倒した。悪童どもは凱歌をあげ、棒を振り上げて駆け寄っていく。

「おやめ！」

お瑛は我慢ならずに割って入った。

「あんたたち、一人に大勢でかかって、恥ずかしくないの！」

だが子どもらはいっこうに怯《ひる》まない。

「やい、犬、立ちやがれ、逃がさんぞ」

口々に叫んで、また石を投げつけた。その一つが的を外れ、近くの下駄問屋の前に転がった。

とたんに、こらっ、と怒鳴り声が降ってきた。

続いて白髪の老人が、心張り棒を振り上げて店から飛び出して来たのである。顔見知りのご隠居で、いつもはよく小鳥に餌をやっている穏やかな人だ。近くで石投げが始まった時から苦々しく思い、機をうかがっていたらしい。

「何度言ったらわかるんじゃ、この腐れガキが！　人が歩いてるのが目に入らんか、とっととこの町から失せろ！」

「何でえ、死に損ないの鼻たれジジイが！」

子どもの方も負けていない。

「ジジイはジジイらしく念仏でも上げてろい」

「スッ転んで、足でも折りやがれ」

「八つに折ってタキギにすりゃ、棺桶の手間がかからねえ」

大人の喧嘩を真似て、口々に悪態をついて逃げ散っていく。

〝犬〟と呼ばれた子は、身体を起こして袖で鼻血を拭っていた。その五本の爪には、真っ黒に爪垢がたまり、着物の袖は鼻でてかてか光っている。

「坊や、大丈夫？　そこの薬屋さんで膏薬買ってくるから、待っておいで」

お瑛が言うと、少年は大きくかぶりを振って立ち上がり、片足を引きずりながらよろよろ歩き出した。

「これ、千慈丸《ちじまる》、お待ち」

後を見送って老人は言った。

「この人にお礼を言わんか」

だが少年は見向きもしないで走り去っていく。

老人は白髪の頭を振った。

「いやはや、呆れましたな、近頃のガキはタチが悪い」

「ご隠居さま、あの子を知っていなさるんですか。ちじまる……と呼んでおいででしたが」

「ははは、あの子はいつまでたっても大きゅうならんで、むしろ縮まるようだ。それで千慈丸と呼ばれとるんですわ。妙な子でのう」

噂では、千慈丸は、小伝馬町の牢内で女囚が生み落とした子だという。母親は子を産んですぐ死亡し、身寄りは不明だったため、囚獄の賄《まかな》いをしていた老人が引き取った。その賄い係も死んだ今は、囚獄のどこかで寝泊まりし、使い走りをしているという。


老人と別れた後、お瑛は十六夜橋まで歩いた。

三体のお地蔵さんに花を供しぬかづくと、ようやく胸の騒ぎも収まってくる。義母の回復を祈り、誠蔵の無事を祈った。

だが、実際のところ、救出するためにどうしたらいいか、皆目見当がつかない。この上、誰に相談したらいいのか。

やっぱり大金を積むしかないのか。

そんなことを考えながら、店の近くまで戻り、蜻蛉屋の暖簾が見えた辺りでふと振り向いた。背後から誰かがついてきているような気がしたのだ。

案の定、そこにはあの小鬼少年がいた。

「まあ、千慈どん」

思わずお瑛はそう口にしていた。あの十六夜橋の辺りには居なかったはずだ。

「おまえ、何時《いつ》から付いてきたの」

「おばちゃんは……」

「お姉さんとお言い」

ぴしゃりと言った。

「あ、お姉さんは……いい匂いするから、ずっと匂いを追ってきたんだ」

匂い？　この子は何を言ってるのだろう。

「坊や、鼻が利くのね」

少年はにっと笑って頷いた。

「さっきはどうして喧嘩してたの」

「おいらのこと、犬と言うから」

そういえば悪ガキどもに〝犬〟と言われていたっけ。

「どうして犬と？」

「鼻が利くから」

「ああ、そうか」

お瑛は笑い出した。そういうことなのだ。

「じゃ、あたしはどんな匂いがする」

「お香の匂い……」

即座に言い当てられて、何がなし胸がドキリとした。蜻蛉屋の店内には、いつも南禅寺香を薫《た》きしめているのだった。

まあしかし、子どもは誰しも感覚が鋭く、鼻が利くものである。着物に染み付いた香りを、子どもが嗅ぎ分けたからといって、驚くには当たらない。

ただお瑛はこの時、ちょっとした悪戯《いたずら》を考え出した。

「じゃ、あたしの家を匂いで当ててごらん、この近くだから」

千慈丸は頷くと、鼻をうごめかしながらスタスタと歩き出した。迷いもせずに蜻蛉屋の前までお瑛を導いていったので、内心舌を巻いた。いくら自分が鼻をひくつかせても、店の外では南禅寺香の香りは感知出来なかった。

まあ、しかし、とまた考え直す。この子はたぶん、あたしが蜻蛉屋のおかみと知っていたのに違いない。界隈で遊び回っていれば、そのくらいの情報はあるだろう。

「坊やの鼻、たいしたもんね。それも蝸牛のおかげかな？」

少年はにっと笑った。

「ご褒美にこれで飴玉でもお買い。あたしはお仕事があるから」

お駄賃を渡し、暖簾をくぐろうとして、ふとまた脳裡に閃《ひらめ》いたことがある。お瑛は振り向いた。

「ねえ、坊や。こないだのおじさん、覚えてるでしょう、『一橋』から飛び出してきて、坊やに突き当たった……。あの人はどう？」

「ああ、あのおじさん、鬢付け油の匂いがした」

「鬢付け油？」

お瑛は少しがっかりした。髷の匂いなんて珍しくない。男の髷は多かれ少なかれ、皆その匂いがするのである。

「匂いがしたのはここだよ」

千慈丸は胸の辺りを叩いて言った。

少年の背は、あの男の胸までしかないから、出会い頭《がしら》に突き当たれば、顔は相手の鳩尾《みぞおち》あたりに当たる。だからその匂いは髷でなく、着物に染み付いたものだというのだ。

「おいら、それと同じ匂いの家、知ってるよ。鬢付け油、作ってるんだ」

お瑛は千慈丸をひとまず店に招じ入れた。おかみさん、何をまた物好きな……という市兵衛の視線を横目に、少年を上がり框《がまち》に座らせる。

「いいこと、千慈どん。今の話、もう一度話してちょうだい。それって、どういう匂いなのか」

「あそこの蝸牛は臭えんだ。鬢付け油の匂いがして不味《まず》いんだよ」

蝸牛は、浮浪少年どものおやつだったのだ。

彼らはこのおやつの捕獲のために、町の路地裏を探し回るのだという。穫れる場所によって、蝸牛にも等級がある。畑で穫れたものが最高に味がよく、不味いのはあの問屋の裏庭だという。

「その問屋って？」

「紅や白粉《おしろい》を売ってる店だ、人形町の……あそこの蝸牛は、喰えたもんじゃねえぞ」

そこにはいつも、鬢付け油を練る匂いが漂っているという。少年にぶつかった男も、それと同じ匂いがしたというのだ。

お瑛はまじまじと千慈丸の顔を見つめ、考えた。もしかしたらこの子には、何か特別の能力があるのかもしれない。

「坊や、これからあたしを、そこに案内してくれない？」

4

そこは以前、遊郭があった辺りに近く、どっしりした店構えの化粧品問屋の老舗だった。

店頭にはなるほど、鬢付け油の匂いが濃く漂っている。

昔は繁盛していたらしく、『大黒屋』という屋根看板も大きく立派なものだったが、今は古びて黒ずみ、暖簾は色褪せ、引き戸などもかなり傷《いた》んでいる。

中を覗くと番頭一人に手代が三人ばかりだ。普通この間口では、その倍は必要だろう、とお瑛は値踏みした。

いざ入ろうという時になって、急に怯《ひる》んだ。

あれから千慈丸をせきたて、はやる気の向くまま、ここまで案内させたのはいいが、重要な欠落があることに気がついた。

よく考えてみると、店にいる番頭や手代は、皆、この匂いがしみついているに違いない。だがお瑛も千慈丸も、相手の顔を知らなかった。その限りではこの中の誰があの男なのか、特定出来ないではないか。

もし仮に〝匂い〟で特定出来たとしても、それだけでは証拠にはならないだろう。

落胆したが、ここまで来た以上は、先に進むしかない。

お瑛は千慈丸を連れて暖簾をくぐり、そろそろと中に入っていった。おいでなさいまし、いらっしゃいませ、と声がかかる。先客が何人かいて、手代がそれぞれに相手をしていた。

千慈丸が土間をうろうろして匂いを嗅ぎ分ける間、お瑛は棚の品物を見るふりしながら、それとなく店の奥に目を配り、手代の顔を瞼に刻んだ。

やがて鬢付け油を一つ買い、千慈丸の手を引いて店を出る。人けのない道をしばらく無言で歩いてから、振り返った。

「どうだった、いた？」

千慈丸は自信ありげに大きな頭をこっくりさせた。

「いたさ。ほれ、すぐ横で何か紙に包んでた人」

「奥からセンさんて呼ばれて、立ってってたあの色白の？」

センさん……と呼ぶ少し甲高い女の声が耳に残っていた。

「うん、あのおじさんだ」

「でもどうして分かるの。皆、あの同じ匂いでしょう」

「違わい。みんな違うんだよ。あの人は、鬢付け油の他に何か……白粉《おしろい》みたいな匂いがしてる」

少年は首を傾げて言った。

「白粉……」

お瑛には、もはやそれを追う手だては考えつかなかった。

その夜も早めに床についたが、眠れなかった。

もちろんセンさんと呼ばれた大黒屋の手代については、あの帰りに『寿堂』に寄り、身元調べを依頼してある。

本石町にある調べ屋『寿堂』は、評判がよかった。ほそぼそと調査専門の商売を始めたのは数年前だが、今はけっこう繁盛していた。商取引の裏付け調査、浮気調査、縁談の身元調べなど、けっこうこの日本橋界隈では需要があったのだ。

謝礼は決して安くないかわり、迅速で、正確だと評判だった。

しかしである。仮に身元が分かったとしても、問題はその先にある。かれを犯人と特定する決定的な証拠が、どこにもない。今後出るという保証もない。

それを思うと今夜も寝苦しく、眠りは遠のく一方である。今夜もまた子《ね》の刻に手燭を持ち、足音をしのばせて台所まで行った。冷たい水が身体に入ると、気分が変わるような気がした。

「お瑛……」

廊下の奥からお豊の声がしたのは、自室に曲がっていく廊下の角だった。一瞬、お瑛はドキリとして立ち竦《すく》んだが、そのままお豊の寝間まで行った。障子を開けて手燭をかざしたとたん、煎じ薬の匂いがぷんと鼻をつく。

「どうかしましたか、おっかさん」

「昨夜もこの時間に起きておいでだね、眠れないのかい」

「ああ、起こしてしまって」

「いいんだよ、あたしはいつでも寝てるんだから。それよりおまえ、縁談の返事はどうしたの」

お瑛は部屋に入り、病人の枕元に手燭を置いた。そして、初めて誠蔵の事件を打ち明けたのである。それでお見合いの返事を先に延ばしたのだと。

「ああ……」

話を聞いて、お豊は溜め息をついた。

「誠蔵には、いつかそんなことがあると思ったよ。若い頃にも色町に入り浸って、借金をこさえたことがあったじゃないか」

「それとこれは違うわ」

お瑛は丁字屋に会った話をした。

「おっかさん、あたしはこの町が嫌になっちまった。みんな金でしか動かない。普段はにこにこして昵懇《じっこん》にしてるくせに、いざとなれば意地が悪い。すぐに金、金……という。やっかみ、と損得勘定ばっかりで……腐ってるんだわ」

「そんなもんだよ、商人は」

「でも、誠ちゃんは無実なのよ」

「無実と分かって誰も助けないのは、誠蔵の人徳のなさだろう」

「人徳はどうか知らないけど、あんなやつらよりずっと上等……」

「でもね、皆が困ってる時に一人勝ちしてちゃ、誰も助けやしない。商人は儲けてなんぼだが、百文儲かったら一文は施すもの。大旦那になるには十年早いよ」

お瑛は黙っていた

少したってお豊が言った。

「いずれにしてもあんたのことじゃない、気を太くしてお休み」

「でも誠ちゃんの身になれば……」

「誰も他人の身になんかなれやしない。おまえに出来ることだけ考えなさい」


「……ちわぁ、お待たせしました」

そんな声とともに、寿堂の若い主人が顔を見せたのは、数人の若い女客で賑わっている時である。昨日、依頼したばかりなのに、とお瑛は目を丸くした。

お瑛は市兵衛に目配せして客を任せ、上がり框から赤い絨毯を敷き詰めた座敷に上がってもらう。

お茶の準備をしながら報告を聞いた。

それによると件《くだん》の〝センさん〟は、大黒屋の手代を務める仙吉《せんきち》という男だった。大伝馬町の紙問屋『上総屋《かずさ》』の長男に生まれ、父親を助けて店を盛り立ててきた。

借金はあったが、何とか持ちこたえてきたのだ。だが暮れに問屋組合の〝解散令〟が出てから、一気に店は傾きだし、ついには債鬼が押し寄せてきて、家財も商品も差し押さえられた。

父親は疲れ果ててこの二月、大川に身を投げて自殺。母親は妹たちを連れて上総市原の生家に帰った。仙吉は人形町の裏店《うらだな》に移り、大黒屋に奉公して借金を返しているのだという。

「さて、ここから先は、割り増し料金を頂くところですがね、他ならぬおかみさんだ、この美味しい茶と菓子に免じて特別オマケしときます」

寿堂は日焼けした細い顔を、大真面目に引き締めて言う。

「さて、この紙問屋を買ったのは誰だと思います？　それが若松屋さんなのでありますよ」

あっとお瑛は思った。

初めて両者の接点が見えたのである。誠蔵が言っていたもう一つの支店とは、大伝馬町の上総屋だったのだ。

若松屋にやられた、と仙吉は周囲にこぼしていたという。

上総屋が生き残れなかったのは、大手の若松屋が強力に客を奪ったからだと。

上総屋は、その特権と工夫において若松屋に負け、客を奪われたのである。

店舗は借金のかたに押さえられた。それを若松屋が居抜きで安く買い叩いたから、仙吉の憎悪は一気に募《つの》ったと思われる。

幕府の密偵がそんな仙吉の事情を知って、一芝居もちかけたか。

それとも密偵が店に張っていることを知って、仙吉はあのような行動に出たのか。

いずれにしても、あの時間にあの店にいて、誠蔵と隣り合わせたのは、偶然ではないだろう。手代を務める仙吉が、まだ日も落ちないうちから、両国くんだりで呑んでいられるはずがない。

おそらく後をつけて機会を狙っていただろうし、すぐ岡っ引が囲んだところを見ると、何らかの筋書きは出来ていたのだ。

5

寿堂が帰ると、お瑛はさっそく奉行所に出向く気になった。

一気に視界が開けたような気分だった。状況からして、誠蔵を陥れた人物は、間違いなくこの仙吉しかいないのだ。

この情報を持って奉行所に訴え出れば、いくら岡っ引きがぐるだったとしても、調べ直しせざるを得ないだろう。

仙吉が『一橋』にいたことは、誠蔵に面通しさせたらすぐに判明するはず。お瑛と千慈丸が、出口でこの男とすれ違ったことも、証言するつもりだった。

だが着替えをしようとして、お瑛ははたと考え込んだ。

密偵がぐるであれば、お瑛の訴えがそうすんなり通るかどうか。仙吉が捕まったとしても、必ずシラを切るに決まっていた。

密偵が、お上を誹謗《ひぼう》することを言ったのは誠蔵だ、この耳で聞いた、と証言すればそれまでだろう。仙吉に、自ら罪を認めさせる何かが、どうしても必要なのだ。

そこまで考えるとお瑛はすっかり憂鬱になって、出かける気が失せた。

思いに浸ってぼんやりお茶を啜っていると、誰かが暖簾からひょっこり顔を出した。背は小さいが、大きなさいづち頭。あの小鬼の千慈丸ではないか。目が合うと鼻をうごめかしてにっと笑った。

つられてお瑛も笑い返す。

「今日は、白粉の匂いだね」

「当たり。今まで若いお嬢さんたちで一杯だったのよ。そんな所にいないでお入りなさい」

言いながら、はっと気がついたことがある。一つ大事なことを忘れていた。そう、まだ手掛かりが残っていた。

「これ……」

千慈丸は、後手《うしろで》に隠していた物を差し出した。焼き串に刺さった焦げた蝸牛である。

「これ畑で見つけたんだ、まだ小せえけどうめえぞ」

「ああ、千慈どん……」

お瑛は鳥肌が立った。

初めのうちに、蝸牛は嫌いだとちゃんと言っておくべきだった。

かれは、自分が美味いと思うものを、お瑛にも食べてもらいたいのだ。同じものを食べることで、仲間になりたいのだ。

しかしそれを口に入れることを考えると、奈落の底に落ちていくような恐怖を感じる。

少年は何とも言わず、黙って差し出している。

お瑛は意を決した。死にはしないだろう。今のあたしには、この子が必要なのだ。

この子の鼻が。

お瑛は串を受け取ると、焦げた身の部分を指で引き出すと、そのままゴクリと呑み込んだ。石のようにつかえながら、それは喉を通って落ちていく。

「ああ、ご馳走さま」

目が合うとにっこり笑って、鳩尾《みぞおち》をこぶしで叩いた。

「ところで坊や、あの鬢付け油のおじさん、白粉の匂いもしたと言ったよね、ここと同じ匂いかしら？」

「うーん」

千慈丸は少し鼻をうごめかせて頷いた。

「同じじゃねえけど、やっぱり白粉だ」

「坊や、あのおじさんの周囲で、あれと同じ白粉の匂いのする人、探せるかしら」

千慈丸は少し考えていたが頷いた。

センさん……と奥から呼んだ女の声。今も耳に残るその少し甲高く弾んだ声が、ありありと甦《よみがえ》ってくる。それは艶《つや》めいていた。いま思えば、それに応えて立ち上がった男のしぐさも、どこかいそいそしていたようだ。

この勘が当たれば、何とかなる。お瑛はそんな気がして、千慈丸に小遣いをはずんだ。

その夜もまた寝つかれなかった。

昼間のあの蝸牛が何だかまだ未消化で、胃の中に残っているようでもある。悶々としていて、明け方とうとうお瑛は起き上がり、廊下の板戸を少し開いた。

また雨になっていたが、裏庭がほんのりと白むのを眺めていると、幾らか頭の中の闇も晴れていくようだ。お瑛はしばらくじっと佇《たたず》んでいた。


男が人形町通りから杉森稲荷の鳥居をくぐり、しばらく進んだあたりでお瑛は声をかけた。暮れ六つの鐘はもう鳴り終えて、境内には人影もなく、頭上でカラスが激しく鳴いていた。


「もし、あなた様……」

淡紅色の石楠木《しやくなげ》が白く浮いて見える。

男はビクッとしたように立ち止まり、肩ごしに振り向いた。色白で下膨れで、髭の剃りあとが青く、思い詰めたような顔をしていた。

「大黒屋の仙吉さんじゃございませんか」

「へえ、仙吉に何かご用で」

お瑛はそばに立って向かい合い、ゆっくり言った。

「若松屋誠蔵のことと申せば、用向きはお分かりでしょう」

「はて、存じませんな……お人違いではありませんか」

「ご実家が紙問屋であれば、若松屋の名に、覚えがないとはいかがなものでしょう。じゃあ、両国広小路の一橋という店に、心当たりはございませんか」

お瑛は振り返り、連れていた千慈丸を前に押し出した。

「この子とあたしも、あの日、一橋におりました。あなた様があわてて店を逃げ出す時に、この子にぶつかったんですが、覚えておいでかしら。おかげであなた様が、上総屋の若旦那だと割り出せたんですよ」

一瞬、仙吉は顔を引きつらせたが、すぐに平静になり薄笑いを浮かべた。

「突然、何の言いがかりですかい。手前は一橋にもおたくらにも、覚えはございませんよ」

「ぜひ思い出して下さいませ。あなた様は若松屋の後をつけ、一橋で隣り合わせて座り、御政道の悪口を言いなすったでしょうが。ご自分が言っておきながら、それを若松屋のせいにして……」

「ちょっと、いい加減にしてくれませんか。何の証しがあって、そんな無体なことを言いなさる。怒りますよ。そもそも、あんたは一体誰なんだ」

「ああ、申し遅れました。日本橋は式部小路の蛸蛉屋お瑛です」

「蛸蛉屋……？」

「ええ、若松屋さんと、あの日は一緒に呑む約束でした。ところが行ってみると、あの騒動……。身に覚えのない罪で若松屋は引き立てられ、もう七日も番屋に留め置かれている身です、いい加減に思い出して頂かなくては」

お瑛は一気に言い、詰め寄った。

「いかがです、幾らなんでももう思い出したでしょう」

「そ、そういえば一橋で呑んだ時……誰かが御政道の悪口を言うのを聞いたような気がします。だがすぐ席を立ったんで、その後のことは何も……」

「誰かじゃない、あなた様が言ったんでしょうが。そうでしょう？　若松屋については、名前も顔もちゃんとご存知のはずですよ」

「こりゃとんだ言いがかりだ」

「言いがかりじゃありません。上総屋の店舗を買ったのは若松屋ですからね。どちらが正しいか、これから奉行所まで行って決めて頂こうじゃありませんか」

「ふん、蜻蛉屋お瑛さんか……いい度胸だぜ」

仙吉は急に態度を変え、懐から手を出して、青ざめた顔に目をぎらぎら光らせた。

「だがあいにく、あんたが何と言おうと、若松屋の咎は動かねえんだ。こちらには証人がいるんだからな」

「あらま！　あの時、すぐ席を立って後のことは知らないと、たった今、言ったでしょう。なのにどうして証人がいることをご存知なんです？」

「………」

「いずれその証人とやらも、閻魔の親分のお仲間でしょうけど。実はね、もう一つ言いたいことがあるんですよ」

「こっちも忙しい。寝言を聞いてる暇はねえんだ」

仙吉はお瑛に背を向けて、その場を立ち去ろうとした。

そのとたんウッと呻いて、のけぞった。少し離れた所から礫が飛んで来て、仙吉の頬を掠めたのである。

「小僧、何しやがる……」

やおらしゃがんで石を拾い、千慈丸めがけて投げつけた。

千慈丸は馴れたふうにひょいと首をすくめて避け、何か叫んだ。

するとそれを合図のように、バラバラと四方から礫が飛んで来た。それまでうるさいほど鳴いていたカラスが、ぴたりと静まった。

お瑛が手配しておいたとおり、四方の茂みに潜んでいた悪童どもが立ち上がり、仙吉めがけて石をぶつけ始めたのだ。

仙吉は境内を逃げ惑《まど》った。だが、行く先々で石は飛んで来て、かれの進路を塞《ふさ》ぐ。とうとう仙吉は頭や胸に石を受け、両手で頭を抱えてしゃがみ込んでしまった。子どもらは遠巻きにして取り囲み、なおも草や泥や小石を投げ続ける。

「やめろ、お瑛さん、やめさせてくれ、話を聞こう」

お瑛が手を振って合図すると、礫は止んだ。

小遣いはすでに与えていたから、かれらは夕暮れの中に三々五々散って行き、境内には千慈丸だけが残った。茜《あかね》色の空の高い所でカラスが鳴きだしていた。

6

「手荒なことをして、すまないね、仙吉さん。でももうちょっと、聞いてもらいたいんですよ」

お瑛は少し伝法な口調になって言った。

「あんた、大黒屋のおかみさんと、どういう関係になってるんです」

着物の裾をはたいて立ち上がった仙吉は、それを聞くなり顔色を変え、二、三歩後ずさった。

「な、何もありゃしねえよ。図にのって何を言わせてえんだ」

「この子があんた様の着物に、白粉の匂いを嗅ぎ当てたんです。ええ、それが大黒屋のご新造さんの匂いだってことをね」

仙吉は、驚いたように少年を見つめた。

調べによると、大黒屋の主人はもう六十に近い小柄な男だが、妾から後妻になおった女房は三十そこそこの、美しい女だった。

「いえ、何もなきゃ、それにこしたことはございませんが。でも主人の女房を盗めば獄門だってこと、もし忘れていなさったら……」

お瑛は次を言おうと構えたが、その先は言葉が出なかった。

仙吉は突然、早口で何か言い放つや、両手で顔をおおって泣きだしたのである。

「ああ、そうだとも、あんたの言うとおりさ」

そう言ったように聞こえた。大の男がしゃくりあげて泣く様を、お瑛と千慈丸は息を呑んで見守った。

「そんなオキテなんざ、忘れちまったんだ。きれいな人にあんなに優しくされりゃ、誰だって忘れちまいます……。それを、あの閻魔の親分に知られて、脅されたんだ。あいつはほんとに地獄の番人だ……」

秘密を握った閻魔の鉄は、自分に協力しなければ不義密通で大黒屋に密告する、と仙吉に脅しをかけてきたという。

「仕方なかった。許しておくんなさい、若松屋さんには申し訳ないが、大黒屋のおかみさんまで引きずりこむわけにはいかなかったんだ……」

センさん……という艶《なま》めかしい声がまた耳に甦る。その色めいた呼び声が、かれを、そして誠蔵を地獄に引き込んだのか。

翌朝、時間になっても仙吉が出勤しなければ、大黒屋が騒ぎだすだろう。店の者が裏店のかれの住いを訪ねて行き、その四畳半にただ一つ残された小さなちゃぶ台に、一通の書き置きを見つけるだろう。

〝若松屋誠蔵を恨むあまり、自分の犯した罪を着せた〟と、そこにはお瑛と約束したとおりの文言が自筆で記されている。紙屋の息子だけに、上質の美濃和紙に、達筆で認《したた》められているはずだった。

予想どおりに事は進み、大黒屋の番頭がその書き置きを握って、奉行所に駆け込んだのである。その頃はもう仙吉は、かなり遠くまで逃げているはずだった。

おそらく閻魔の親分は、仙吉を深追いしないだろうとお瑛は踏んでいた。もし仙吉が捕まって、グルだったとばれたら、閻魔自身が危なくなる。

岡っ引きが入牢すれば、牢内で囚人にこっぴどく仕返しされる。

誠蔵が蜻蛉屋の暖簾をくぐったのは、入牢してから十日めだった。

その午後に牢を出された誠蔵は、まずは自宅に帰って風呂を沸かして浸かり、髪結いを呼んで髷を整え、気に入りの唐棧《とうざん》の着物を着て洒落のめし、一升瓶を下げてふらりと蜻蛉屋に現れたのだ。もう夕方になっていた。

「やあ、お瑛ちゃん、世話をかけたな」

気張って陽気に言ったが、十日の間、獄中にいた憔悴は隠しようもなく、何か拷問も受けたのだろう、顔は青ざめて冬瓜《とうがん》のように膨らみ、目には物もらいができて爛《ただ》れ、唇は紫色に腫れていた。それを見て、お瑛も市兵衛もお民もみな泣いた。

「おいおい、何だよ、いきなり涙かい。それよりおっかさんに挨拶させてくれ」

「え、おっかさんに?」

お瑛は一瞬、何のことかと怪訝な顔になった。

わけを聞いてみると、誠蔵が無罪放免になったのは、もちろんお瑛の活躍が決め手だったが、誰か有力者の一声がなければ、この巧妙に仕組まれた罠からすぐには抜け出せなかったらしい。

「お豊さんにお礼を言うんだな」

無罪を言い渡されて牢を出る時、役人からそう囁かれたという。

それは謎の言葉だったが、どうやらお豊は、お瑛が留守の間に、誰かに封書を届けさせたらしい。誰かは分からないが、その人物が陰で動いたのだ。

まるで嘘のような話に、お瑛は狐につままれたようだった。

「……いいえ、そんなことございませんよ、あたしゃどこにも手紙は届けておりませんから」

お茶を運んで来たお初は、問い糾《ただ》されて細い首を振った。

「とんでもございません。ああ、大奥様は、あいにく今日はお加減が悪うございまして、はあ、どなたにもお会いになりません。若松屋さまによろしくと申しております。庭の花がちょうど見頃でございますから、ゆっくりご覧になりながら積もる話をなすって下さいましと……」

言って立ち上がり、客間の縁側を開け放った。中庭には見事な石楠花の木があり、満開の淡紅色の花をつけている。

すぐ祝い酒が運ばれて、花見の宴になった。

「そうそう。誠ちゃんに紹介したい子がいるの」

千慈丸を思い出して、お瑛は言った。

「あ、あの日、何か相談があるって言ってたよな?」

誠蔵は盃を口に運びながら、鼻の下を長くした。

何か勘違いしているらしい、とお瑛は可笑《おか》しかった。万事うまくいき、こんなに笑える日が来てよかったと思う。

だが、酒がすすむうち、誠蔵は口数が少なくなり何やら考え込むふうだった。お瑛の胸にも、お豊のことが霧のようにわだかまってくる。実力者とはいったい誰だろう、どうしてそんな知り合いがいるのだろうか。

お豊の背後に、何か窺い知れぬ人脈があるのは、娘時代、武家屋敷に奉公に出たという、そのよしみなのか。あるいは、蜻蛉屋を始める前、義父がこの地で骨董屋を営んでいたことに関係があるのか。

高級な骨董品を漁《あさ》って、よく幕府や大名屋敷の御用人が、お忍びで来ていたとは聞いている。

幕閣の誰かか、幕府を動かす豪商か……。

「あら、いつの間に雨……」

庭はもう昏れて、柔らかい雨に包まれている。

「まだ梅雨には間があるのに、よく降るわ」

お瑛の言葉に、誠蔵も物思いから覚めたようだ。

「こういう気の早いのを、走り梅雨っていうのかな」

お瑛は黙って暗い空を見上げた。

四の話　名陶『薄暮』

1

「……市さん、市さんはどこ？」

表通りから店に入って来るなり、お瑛は言った。その引きつった固い声を聞き、険しい形相を見て、お民はぎょっとした。

江戸育ちらしく、普段のお瑛は、さっぱりとした機嫌のいい顔しか店の者には見せない。それが今日はどうしたというのだろう。真っ青な顔をして、目がきりきりと吊り上がっている。

こんな主人を見るのは、お民は初めてだった。

「はい……番頭さんは、く、蔵です」

おろおろと言うお民を、お瑛の視線は睨みつけてくるようだ。震《ふる》え上がって、お民は言い直した。

「はい、すぐに呼んで参ります。番頭さーん」

足音がばたばたと奥に駆け込んで行く。

お瑛は土間から座敷に上がろうとして、土足のまま踏み込みそうになり、慌てて下駄を脱ぐ。長火鉢にお湯が沸いているのを確かめると、やおら茶道具の前にぺたりと座った。

気が動転している時は、抹茶を立てることにしている。

緑の粉に湯を注ぎ、茶筅《ちゃせん》でかき回すことに専心して、俗事を忘れるのだ。古来、茶の湯が戦国武将に好まれてきた理由の一つは、そこらにあっただろう。

お瑛は茶筅を握って、シャカシャカと軽い音をたてながら、勢いよくかきまぜた。混ぜることだけを一心に考えて。

だが、胸の中では激しい嵐が荒れ狂っていた。

どうしてこんなことに……という思いを、止めようもない。あこぎなこともせずに商売に専心し、他人には優しく接するよう心がけ、義母の介護に心をくだき、宿無し猫には餌をやり、お地蔵様のお世話もし、江戸の片隅で慎《つつ》ましく生きているこのあたしが、なぜこんな目にあわなければならないのか。

何も悪いことをしなくたって、災厄は地から湧き天から降って来るものなのだ。そりゃ浅野内匠頭《あさのたくみのかみ》さまに比ぶべきもないけど、突然にいわれなき事態で死を迎えるという理不尽が、このあたしにだってあるんだわ、とお瑛は改めて思い知った。

ドロリとした緑の液体から、白い泡が立ってくる。

両手で茶碗を捧げ持ち静かに啜ると、苦いきりりとした茶が喉を伝い、胃の腑に落ちていく。煮えたぎる激情はその泡に包まれて沈んでいき、少しずつ気分が静まっていく。

「や、おかみさん、早いお帰りで。どうかなさいましたか」

市兵衛の声に振り向いた時、お瑛の険しい表情はすでに和《なご》んでいた。

「ああ、市さん」

いつもの平静な口調で言う。

「すぐに店を閉めておくれ」

「えっ」

「話したいことがあるの。それにこれからあたし、栗橋宿《くりはしじゅく》まで行かなくちゃならない」

「栗橋まで……?」

市兵衛は驚いたようにお瑛を見た。

「ええ、店を閉めたら、お初とお民もここに呼んで」

お瑛は言い、島田のほつれをかきあげて遠い目をした。その目の奥に、真っ青な紫陽花《あじさい》の花が浮かんでいた。

少し前までお瑛は、駿河台にある鶴川《つるかわ》藩の上屋敷にいた。

青畳を敷き詰めた座敷で、長いこと待たされた。

どこかで話し声でもしないかと耳をすませたが、広い屋敷は隅々まで静まりかえり、物音一つ聞こえてこない。物売りの声や、往来の人声が筒抜けに聞こえる我が家とは、えらい違いだった。

武家屋敷らしい簡素な庭に、カーンという鹿威《ししおど》しの音が、ときどき小気味よく響く。

座敷から見る限り、雨上がりの庭には紫陽花だけが、一面に咲き乱れていた。

雨を吸って生き生きとたわわに咲きこぼれる様は、どこか深海の底を思わせる。この紫陽花は色が濃く、開花が少し早いようだ。

あるいは国許の越後の紫陽花かもしれない……。

待ちくたびれてお瑛はそんなことを考えた。今日、お屋敷に上がったのは、先日持参した茶器をお買い上げになるかどうか、その返事を聞くためである。

鶴川藩主宗像《むねかた》公は、まだ若いのに茶人大名で、天下の茶器や陶磁器の蒐集《しゅうしゅう》家として有名だった。集めた名品は、将軍への献上品や幕府要人への贈り物としても重宝しているらしい。

御用人の菊川弥九郎《きくかわやくろう》から、推奨する逸品があればいつでも持参せよ、と言われていた。

出入りの商人の中に小商いの蜻蛉屋が入っているのは、小なりといえど日本橋に店を張っていることと、むかし義父の営んでいた骨董店『蓑屋』の縁である。

先日、蜻蛉屋の秘蔵品『薄暮《はくぼ》』を、ぜひとも持参するよう菊川が要請してきた。それは志野の抹茶茶碗で、以前からそう言われていたのだが、お瑛が手放さなかった名品である。

やがてどしどし……と廊下に足音がして、大柄な菊川弥九郎がずかずかと入って来た。

「待たせたな」

短く言って、平伏しているお瑛の前に座る。

やおら箱の包みを前に置いた。かれの角張った顔はいつ見ても精気が漲《みなぎ》り、濃い眉と細い目許に、江戸屋敷を差配する御用人らしい生真面目さが滲んでいる。

かれは藩主に近侍していて、雑用一般を仕切っていた。

「蜻蛉屋、この茶碗を二百両と申したな。その根拠を申してみよ」

「はい、確かに」

お瑛は顔を上げ、涼やかに言った。

「この茶碗は、美濃の名工、五代目瓶四郎《へいしろう》の作でございます。のみならず松平不昧《まつだいらふまい》公の箱書きもある、由緒ある名陶でございます。二百両は決して高くはございませんが、もちろんお買い上げの段には、ご相談に乗らせて頂きます……」

「ならば相談だ。三文なら買い取る、と言ったら何と致す」

これは戯《ざ》れ言《ごと》か。一瞬、お瑛はそう思ったが、にわかに胸の動悸が高くなるのを感じた。

菊川の声は怒気を含んでおり、青ざめた顔は、いかにも虫の居所の悪そうな薄笑いを浮かべているのだ。日頃からお瑛に目をかけ、何につけ有利にことを運んでくれる菊川の、この変貌ぶり。甘い感情は吹き飛んだ。

「お戯れを……」

「いや、本気で申しておる。これは偽物じゃ」

ニセモノ……聞き間違いかと思った。

先ほどからの菊川のただならぬ態度が急に腑に落ち、小さな震えが身体を駆け抜ける。同時に、自分の納めた品を贋作呼ばわりされたことに、熱い血が頭に昇った。

「おからかいでございましょうか、菊川さま。それとも何かの手違いでございますか」

思わず色をなして言った瞬間、ふと頭の隅をよぎったものがある。この茶碗にまつわる、不吉な言い伝えである。〝この茶碗は持ち主の死を看取る〟というものだ。

これは、まだ蜻蛉屋を開いたばかりの頃に、栗橋宿の旅籠の主人が持ち込んできた志野茶碗で、その昔、宿に逗留していた旅の僧が、これを宿代にしてほしいと言い遺して死んだという。

義母のお豊は一見して、これをかなりの名品と見てとった。長いこと夫の目利きをそばで見てきた直観である。

お豊はそれを預かると、日本橋界隈で美術界の長《おさ》と目される骨董屋『蔦屋《つた》』のご隠居に見せた。夫を失ってから、いい相談相手になっていたのだ。

ご隠居はじっくりと茶碗を見てから、これは名品だから、相応の高額で引き取り、二百両以下では手放さぬがいいと言った。

二百両と言われては、「手放すな」と言われたも同然。それでお瑛は今まで売らずにきたのである。

菊川弥九郎が『薄暮』がお瑛のもとにあるのを知っていたのは、その『蔦屋』から伝え聞いてのことだろう。今回は、宗像公じきじきのお達しということで、腹を決めたのだ。

「手違いとはどういう意味か。わしが別の茶碗と取り違えたとでも申すか」

「いえ、とんでもございません。手違いとは手前のことでございます。でも念のためこの場で改めさせて頂きます」

言いざま目の前の包みを引き寄せたが、手が少し震えた。

紫色の風呂敷包みをつとめてゆっくり解き、古びた桐の白木の外箱、続いて黒の漆塗りの内箱を開ける。

金文字のひらがなで『はくぼ』、漢字で〝文政一戌寅《いぬとら》不昧〟と記されている。この箱書きは、出雲国松江の第七代藩主、松平不昧公の手によるものという。

中から茶碗を取り出し、両手で捧げ持ってじっと見つめた。

たっぷりとした大ぶりの志野茶碗で、少し歪んだ造形が力強い。すがれた鼠色の釉薬がかかっていて、中央に白抜きで夏草とセキレイの文様が浮き出ている。それが何とも言えず寂しく、また雅びで見るだに心涼しくなる。

どう見ても搬入した時と同じ茶碗で、取り違えたとは見えない。

「はい、確かに薄暮でございます」

お瑛は言ったが、まだ、何が起こったかよく分からなかった。

初めからあれは偽物だったということか。もしそうだとすれば、お豊はもちろん蔦屋の隠居も、騙されたことになる。そんなことがあるものだろうか。

上ずっているせいか、お瑛には見当もつかなかった。

「侮《あなど》ったか、蜻蛉屋、田舎藩にも目利きはおるぞ」

菊川がひんやりと言った。

「滅相もございません」

屈辱で頬がかっと火照った。この菊川にここまで言われるとは。

「ただ、どういうことなのか、まだ手前にはわけが分かりません。これは『薄暮』ではないと仰《おお》せなのでございますか、菊川さま。ご面倒でも、どうか詳細を教えて頂きとう存じます」

「たわけ! モノには本物と偽物しかない。その見分けもつかずに商売が出来るか」

菊川は一喝した。

「偽と承知で売らんとしたのであれば、即刻お手討ちじゃ。だが他ならぬ蜻蛉屋のこと、何かの手違いがあったやもしれぬとの、御家老様の温情ある仰せだ。申し立てたきことあれば、この場で隠さずに申せ。しからば情状酌量の上、沙汰を致す」

目の前がグラリと揺れた。

真っ青な紫陽花色の海に沈んでいくようなめまいに襲われ、遠い昔、隣りに寝ていたはずの父親が、どこにもいないと知った時のあの落下感を身体に思い出していた。

「お願いでございます、菊川さま、今しばらくのご猶予をお許し下さいませ」

お瑛はその場にひれ伏し、額を畳にこすりつけて懇願した。

帯で締め付けた腰から胸にかけて、じっとりと冷たい汗が滲むのが分かる。

「申し開きをしたいのはやまやまですが、正直申して、この場では何が何やら見当もつきませぬ。このお瑛の目が節穴だったのか、どこかに思いもよらぬ手違いがあったか、よく考えさせて頂きとうございます。ここに止め置かれては、それも叶いませぬ」

「うむ、しかし……」

「半月、いえ、せめて十日の猶予を頂けましたら、それなりの調べもつきましょう。

その後、この身がどうなろうとも構いません。お願いでございます、どうかしばしのご猶予を」

「……ふむ」

腕を組んで少し考えてから、菊川は言った。

「されば四日じゃ。なぜかというと、その日に殿様が内々の茶会を催されるからだ。茶会では茶器をとくとご覧遊ばされる。その朝、屋敷に上がって、申したきことを申せ」

「ご猶予、有り難うございます。この四日の間に必ずや、納得のいく答えを見つけて参ります」

「殿はこの『薄暮』を、特に楽しみにしておられる。筋の通った申し開きがなき場合、覚悟いたせよ。その時はこのわしにも沙汰が及ぶやもしれぬ」

どしどしと畳を踏んで遠ざかっていく振動音を、お瑛は畳に頭をすりつけたままじっと聞いた。頭を上げた時、今まで少しも感じなかった畳の茅《かや》の香りが、むっと鼻をついた。

心落ち着かせて思い返すと、いま心に浮かぶのは、あの真っ青な紫陽花の花むらである。あんな色をした真っ青な海に、ズブリと沈んでしまいたいと。

こんな命の縮まる思いこそ、この日本橋に、女だてらに店を張っている証しなのだろう。

やがて座敷に畏まって座った三人に、お瑛は静かに言った。

「今日から店を閉めるから、そのつもりでいておくれ」

三人に衝撃が走った。

「いい、これから話すことを、心してお聞き。先ほど駿河台のお屋敷に届けた茶碗に、偽物の疑いがかけられた……。すぐにも手鎖《てぐさり》になるところ、無理に猶予を頂いて帰って来たの」

「その猶予は何日で？」

市兵衛が頬を引きつらせて訊いた。

「四日……」

2

「む、無理ですよう」

お民が悲鳴を上げ、指折り数えてみせる。

「四日といったら、あした、あさって、しあさって、その次の日じゃありませんか」

「四日めの朝にお屋敷に上がらなくちゃならない。だから正味三日ね」

「その間に、調べがつかなかったら？」

市兵衛の言葉に、お瑛は少し沈黙して言った。

「蜻蛉屋は終わりです」

どう軽く考えても、財産没収のうえ、江戸追放は免れまい。場合によっては遠島、死罪もあるかもしれない。

そのことを淡々と説明するうち、お瑛は次第に腹が据わってきた。じたばたしても仕方ない。こうなったら、なるようにしかならないのだ。

「あの、どういうご用件か存じませんが、栗橋は手前が行きますよ」

「栗橋はあたしが行かなくちゃ……」

「しかしおかみさんには、ここで頑張って頂かなくては。以前、商用で行ったことがあるんで道中は分かってます。なに、荷駄賃払って馬で行きゃすぐだ。これから支度して発ち、草加《そうか》あたりで泊まれば、明日には帰れますから」

かれは旅程を思い巡らすように腕を組んだ。

するとと、お初が続いた。

「それと、あの、お嬢様。店はふだんどおり開いた方がよくはございませんか。閉めちまったら、何があったかと怪しまれます。大奥様がよく言ってなさるでしょう、客商売は……」

「〝最後まで世間様に弱みを見せてはならない〟ってね」

お豊がよく言ったものだ。お客に弱みを見せたらお終《しま》いだ。内輪ではどんな大騒動していても、最後まで何くわぬ顔でいなければならない、と。

「ばあや、よく覚えておいでだね」

「はあ、まだ耄碌《もうろく》しちゃいませんよ。店番だって致しますから」

「そうそう、おっかさんの具合はどう？」

「はあ、おかゆは召し上がりましたが、お熱がまだ続いています」

「ちょっと話したいんだけど……」

「難しいお話は、明日の方がようございましょう」

「確かにお初さんの言うとおりだ」

市兵衛が頷いた。

「休業しては、蜻蛉屋の一大事を、天下に広めるようなもの。せっかく足を運んでくれたお客を、帰してもいけない。帳場はお民に、奥はお初さんに任せてはいかがです？」

「分かった」

お瑛は素直に頷いた。

「お民、おまえはこれからばあやを手伝って、市さんに茶漬けを出しておあげ。出発までにはお握りをこさえてね」

お瑛はお屋敷から持ち返って来た『薄暮』の箱を引き寄せて、言った。

「市さん、あんたはこれからあたしの説明することをよく頭に入れてちょうだい」

『薄暮』とはいかなる茶器か。

それは数十年前の寛政期に、美濃で作られた志野茶碗である。

志野茶碗とは、美濃地方で焼かれ、白釉《はくゆう》を厚くかけてふっくらと白色に仕上げた陶器の総称である。

中には鉄釉を使って銀鼠色をしたものもあり、陶商はそれを〝鼠〟と呼んで、他と区別した。これはその〝鼠〟だった。

作者は、五代目加藤瓶四郎。美濃の土岐《とき》にある瓶四郎窯を三十そこそこで継いだ陶工で、『薄暮』はかれの中期の作といわれる。江戸の豪商の目にとまり、高額で買い上げられて出雲松江藩の松平不昧公に献上された。

この第七代藩主は茶人大名で、天下の名器の蒐集家として知られる。不昧公が薄暮を入手したのは、すでに六十八というから、最晩年に近い。

風聞によれば――。

気宇の漲《みなぎ》ったこの茶碗の力強い造形と、薄鼠色のすがれた色合いの対比を、公はいたく愛したという。堂々たる古格を保ちつつも、侘びた静かな佇《たたず》まいを、自らの老年の姿になぞらえ、老年はこうありたいものと述懐したとかしないとか。

公が没したのは文政元年四月。それ以後、この薄暮が誰のもとを巡って、江戸の蜻蛉屋まで流れてきたかは、由来書がないので不明だった。たぶんどこかで紛失したのだろう。

はっきりしているのは、五年前まで、栗橋の『一関《いちのせき》』なる旅籠に秘蔵されていたということである。

『一関』の主人はその春、美しい草木染めの反物を背負って、初めて蜻蛉屋の暖簾をくぐった。

栗橋宿は、東照宮に通じる日光街道の要衝だが、雪がちらつき始めると、旅人の足はぱったり途絶える。

その季節、一家は総出で、染織を始める。秋に刈り取って乾燥保存しておいた苅安《かりやす》を使うのだが、この苅安は、ススキによく似た植物で、この穂を煮出すと、布を青みがかった美しい黄色に染め上げるのだ。

その反物を置かせてほしい、という申し出をお瑛は快諾し、荷のすべてを引き受けた。ところがかれは帰りぎわになって急に体調を崩し、蜻蛉屋で倒れたのである。

十日ばかり奥座敷で養生すると元気を回復し、帰って行ったが、その半年後に息子の長吉《ちょうきち》がやってきて、父親の訃報を告げた。

ついては、未払いの宿代世話代に、と一関家に伝わる茶器を差し出したのである。

そもそもこの茶器は、言い伝えによれば、『一関』に泊まったまま客死した願人坊《がんにんぼう》主《ず》が残したものという。

〝この茶碗を売って宿代にしてほしい。弔いは無用。死体は野辺に葬って花の一輪も手向けてくれれば結構〝

そう言い残したということだ。

「父が申すには、これを蜻蛉屋に納め、今度は自分の宿代としてほしい。この茶碗は、そんな因縁を背負っているのだから……と」

だから私蔵して一所にとどめず、商品として旅に出すのがいい、という。そこでお豊の見立てに従い、相応の買い手を待っていたのである。

「……あれ以来、茶碗は一度も蔵から出していません。少なくともあたしはね」

お民が運んで来た茶に手もつけず、一気に説明した。

お屋敷に上がる前日に初めて蔵から出し、茶碗を確かめたが、異常があるとも思えず、疑いもせずに持参したのである。

「つまるところ、初めから偽物だったってことじゃないすか?」

市兵衛の率直な問いに、お瑛は黙して答えなかった。どこかに隠された事情がある、という考えが、まだ心のどこかに巣食っていた。

「あのご隠居様は一昨年、亡くなったしね。茶碗をお屋敷に届ける前に、母に見せなかったのがいけなかったかも……」

やはり骨董は難しい。半人前の自分が、一人前のように振る舞ったのが迂闊《うかつ》だったか、と歯がみする思いだった。

「大奥様に、一度、ご意見をうかがった方がよくはないですか」

市兵衛の言葉に、お瑛は頷いた。

「ともかく市さん、『一関』の長吉さんに会って、薄暮のことをよく聞いてきてほしい。その持ち主だったお坊さんは、他にも何か言わなかったのか。言い伝えは他にもないのか」

「心得ました。しかし、おかみさん、美濃の瓶四郎窯まで行かなくていいのかどうか……」

「時間があればね」

お瑛は唇を噛んだ。やみくもに動けば、あぶはちとらずになる。限られた時間で茶碗の謎を解明するには、その発祥から辿るよりも、最後から遡《さかのぼ》る方がいいだろう。

蜻蛉屋に流れついた時点で、偽だった可能性もあるのだ。

あるいは蔵に秘蔵していた五年間に、誰かが入れ替えたか。

あるいはお屋敷に届けてから、別物にすり替えられたか。

「まずは栗橋から辿ることに賭けようと思う。次の手はそれから考えます、間に合えばの話だけど」

「分かりました。手前は腹ごしらえして、一刻も早く出かけます」

茶漬けに箸をつける市兵衛を見ながら、お瑛は思う。

勝負はこれから三日間。何としてもあの菊川に一矢を報いたい。だが栗橋で何も得られなければ、あたしは終わりだ。

お初の止めるのも聞かず、その夜、お瑛は義母に茶碗を見せた。

もちろん真相は隠し、お屋敷に売りたいがどうだろう、と相談を持ちかけたのだ。

お豊は茶碗を手に取って行灯の明かりにかざすように見ていたが、やがて溜め息をついてお瑛に返す。

「あたしもヤキが回ったもんだ、目がかすんでよく見えない。茶碗の糸底を見てごらん。花の形をした印があるでしょう」

そこには、花押《かおう》と呼ばれる印判が押してあった。

お豊によれば、これが松江のお殿様、松平不昧公の花押であると。公は、いったん自分の手元に置いた品には、すべて漆で花押を描き入れたというのだ。

「ご隠居は、それを確かめ、名品と認めたんだから……」

何か言いかけて口を噤《つぐ》み、しばらく目を閉じて考えていたが、そのままとろとろと眠りに入ってしまう。

お瑛は起こさずに、自室に引き取った。

ひとり行灯の下に、薄暮を出してみる。

大ぶりで、ゆったりしたいい茶碗だと思う。一体これのどこがいけないのか。気のせいか、こんな騒動が起こってから見る薄暮は、前にもまして気宇壮大で、悠揚迫らぬ深みを湛えていると思われるのだった。

偽物とはっきりしている茶碗を、今もって見事と思う自分には、目利きの資格はないかもしれない。

床に入ってからも、悶々と寝返りを打った。考えれば考えるほど懊悩《おうのう》が募る。明日、あさって、しあさって。その次の朝に迫った運命の別れ目。日頃から互いに好ましく思っていたはずの、菊川のあの豹変。あれこれ思うと、胸が潰れそうだった。

夜半から雨になった。

八つ（午後三時）に発った市兵衛は今頃、どのあたりの旅籠で旅の夢を結んでいるだろう。川を幾つも渡っていく日光街道は、梅雨の季節は毎年のように、川が氾濫して交通が寸断されるのだ。栗橋までおよそ十一里。

明日の夕刻には帰ると言い置いたが、本当に帰れるだろうか。その長い街道が、目の奥にはるかに続いて見えた。

3

「おや、おかみさんは？」

翌、第一日めの朝、小雨の中を早々とやってきた蜥蜴の親分が、何となくガランとした店の様子に驚いたようだ。帳場にはお民がちんまり座っている。

「品物を届けに出ております」

「へえ、番頭さんも？」

「番頭は、草木染めの買い付けに栗橋まで参っております」

「ほう、そいつは繁盛だ、このご時世に」

「はあ。何かご用がありましたら申し伝えますが」

「いや、また出直して来る」

言いおいて親分は出て行った。

実際は、お瑛は『薄暮』を抱えて神田須田町の道具屋『蓮堂《はちすどう》』を訪ね、主の新助《しんすけ》と密談中だった。かれは蓮堂の二代目で、子どもの頃から親しく知っている相手である。親ゆずりの骨董好きで、特に茶器については親以上だった。

話を聞いて、かれは乗り出した。

不昧公が最晩年この茶器を愛したというのは、知る人ぞ知る秘話だが、没後は行方が知れないのだという。

この松江の殿様は、蒐集した名品を『雲州蔵帳』という総目録に記帳していたが、『薄暮』はそこにも載っていないため、薄暮が実在したかどうか、その真偽も定かではないのだという。

「ふーん、これがねえ」

しばらく大きな手でためつすがめつしていたが、かれは溜め息をついて顔を上げた。

「茶碗が贋作かどうかの決め手の一つは、箱書きだが、これは本物だ。しかし、この茶碗については分からない。目録に、薄暮が記されていれば、その特徴とつけ合わすこともできるんだが……」

「どうして載っていないわけ？」

「たぶん公は晩年にそれを手に入れ、あまり長く手元に置かず、誰かに贈ったんだろうね。というのも……」

かれは自分の豊富な知識を披露する時の常で、両腕を組んで、上半身を軽く前後に揺すった。

「不昧公ってのは、とかく噂の多い殿様だったらしい。たとえば江戸屋敷には、茶室が十部屋もあったという。そこには千五百両、二千両もする天下の名品がごろごろしてたと……」

「水野様の時代でなくてよかった」

「いや、そこなんだがね。公がせっせと散財してたのも、幕府の目をそこに集めるためだった、という説もある……。公は財政の立て直しに成功して藩を富裕にしたが、それを幕府に勘づかれたくなかった。金があると分かれば、警戒されて、何やかやと召し上げられるからね。そこで金は茶道楽で使い果たしていると見せ、バカ殿を装っていたという。だから名君と言われる半面、事情を知らない輩からは、不昧をもじって〝愚昧〟公とも言われたと……」

「へえ」

「ところでこの殿様の最後はどうだったか、知ってるかい？」

「いえ」

「『喜左衛門井戸《きざえもんいど》』という井戸茶碗に祟《たた》られて死んだ。この茶碗についてはちゃんと記帳がある」

お瑛の驚く顔を見て、嬉しそうに上半身を揺すった。

「その茶碗はね、これを所有した者は腫れ物で死ぬと言い伝えられる、いわくつきのものだった。実際に不昧公も、この茶碗を手に入れてから、腫れ物ができて死んだ。花押を入れる時に、その漆にかぶれたんじゃないか、という説もあるが、人は漆かぶれで死ぬものかどうか……」

気に入りの薄暮を早々に手放したのも、〝主の死を看取る〟という言い伝えを気にしたからでは、とかれは言った。

「公の手元にあったのが長い期間ではなかったから、総目録に記帳しなかったんじゃないかと思う」

何も知らなかったお瑛は、頷くばかりで言葉もない。

「今のところは、本物とどこがどう違っているか、何とも言えんなあ。松平家の花押とはどんなものか、一応調べてはみるけど」

お瑛が帰宅して間もなく、土砂降りになった。

人通りがぱったり止み、閑散とした店頭に、思いがけない客が立った。尻端折《はしょ》りをして大きな荷を背負い、蓑笠をつけ、真っ黒に日焼けして濡れた顔の中で、目だけ光っている。その男がぬっと暖簾を割って入ってきた時、お民は目を丸くした。

　毎年この時期に現れるあの加賀の商人ではないか。

「ちわ。おかみさんは、居てはりますか」

　端々に関西訛りがあり、汗にまみれた馬面をひしゃげるようにして笑う男。笑うと、日なたくさい空気がこの土間に漂う。

　この人を見ると、お民は自分の生まれ育った田舎が思い出され、いつも郷愁に駆られるのだ。

　客にはすべて留守ということになっていたが、お民はこっくり頷いていた。この人なら会うはずだ、と思ったのだ。

「はい、ただいま」

　お民は息を切らせて廊下を走った。

「おかみさん、あの加賀のお人が来てますが？」

「え、常《つね》さんが？」

　案の定、お瑛は弾んだ声をあげた。

　その名前を聞いただけで、目の前がぱっと弾け、塞がっていた胸に一陣の風が通るような気がした。

そういえば常さんは、毎年、梅雨入りの少し前頃、荷を背負ってやってくる。もうそんな時期かと思った。

「すぐここにお通しして」

常吉は、加賀からやってくる焼き物商人だ。年に一度、加賀の猿渡《さわたり》郷で焼かれる九谷《くたに》焼を運んで来る。

昨年は、加賀の豊浦藩を脱藩した陶工をめぐって、ちょっとした騒動があったのだ。あれから一年。かれが江戸に来るのは、今年はこれが初めてだろう。

行商人に身をやつしているが、本当の身分は藩窯の機密に関わる隠密の頭領だと、その時に知れた。かれなら九谷焼ばかりでなく、松江の焼き物にも通じているだろう。

かれが今日現れたのは、天佑かもしれなかった。

常吉は洗桶で足を洗ってから、お初の案内でおそるおそる廊下を伝って来た。

「やあ、久しぶりでんなあ」

お瑛の顔を見ると、たちまち相好を崩した。そのひしゃげた顔は黒い馬が笑うようで、いつもながらお瑛はそこに、加賀の在の猿渡郷の空気を感じるのだった。

「まあ、こんな雨の中、お着きでしたか」

「はい、それもたった今でっせ。まずはおかみさんにご挨拶申したいと思いましてね。

その節はほんまにお世話になりまして、おおきに助かりました」

言いながらかれは、猿渡みやげの葛粉《くずこ》と鮎の飴煮を差し出した。

「まあ、嬉しいこと、重いものを遠くからわざわざ。竹次郎さんはその後、いかがですか」

「へえ、頑張っておりますよ、黙々とね。おかみさんによろしゅう言付《ことづ》かってきました。まだ独り身なんで、そのうちいい嫁さんを世話してやらにゃあね。ところでおかみさん……」

急に亀の子のように首をすくめ、声をひそめた。

「今日は、何かあったんで？」

「さすがに勘がいいんですねえ。ええ、実は蜻蛉屋は、取り込み中なんですよ」

「へ？」

「常さん、ほんとにいいところに来て下さいました。ぜひお力を借りたいの」

お瑛は言い、お茶の支度を始める。何事かと身構える常吉に、お茶をすすめながら、事情を包み隠さず話し、『薄暮』を見せた。

「これが因縁の茶碗です」

「ほう、見事な鼠で……」

常吉は茶碗を手に取って、しばらく無言で見入っていた。

「ふーむ、鶴川藩といや、宗像様。松江の不昧公と同じで、名物狂いの風流茶人ですわ。藩の財政も省みないおかげで、へへへ、わが猿渡九谷もお買い上げ頂いてるわけでして」

ふと言葉をとぎらせ、何か考え込んでいるようだ。

「何か?」

「いや、ちょっと……」

「何でしょう」

「いや、ちょっとした噂話を小耳に挟んだんで」

「何でもいいから教えて下さい」

「まあ、後でお屋敷に上がりますよって、詳しいところを聞いておきましょう」

それきりかれは鶴川藩には触れず、お民の運んで来た真桑瓜《まくわうり》にがぶりとかぶりついた。

自分の荷をほどき、猿渡九谷の逸品を座敷に並べる顔は、もう商売の顔だった。

暮六つが鳴る頃には、また雨が激しくなった。

お瑛はそそくさと晩飯をすませてから、傘をさして表通りまで出てみた。雨のせいで、もうとっぷりと夜の帳《とばり》がたれこめている。

雨はますますひどく、夕闇の底が水しぶきで白く見えている。人通りは止んで、たまに傘をすぼめ水しぶきを上げて走り去る男や、帰りそびれた棒手振《ぼてふ》りが濡れたまま駆けて行く様が、影絵のように見えるだけだ。

しかしよく降る雨だった。バシャバシャ……ザアザア……ピチャピチャ……と。屋根を叩き、軒を洗い、軒下の草花を叩き、土を叩き、水溜まりを叩いて、いずこかへ流れて行く。

その様を、お瑛は立ち尽くしてあかず眺めた。

市兵衛は、夕刻までには帰ると言い置いたのに、帰って来ない。一体どうしたものか。道中この雨で難儀し、どこかに足止めをくっているのだろうか。

川が増水し橋を押し流す光景……山が崩れ土砂が道を急ぐ旅人を呑み込む光景……渡し舟が急流に流されひっくり返る光景。

お瑛は傘をさし、斜めに降りかかる雨に濡れながら、次々と思い浮かぶ不吉な想像を追っていた。

「……まあ、お嬢様、こんな所にいなさって！」

お初の叫び声が聞こえた。

「そう立ってばかりいなさったら、お地蔵様になっちまいますよ」

「もうお地蔵様になっちゃったみたい、ばあや。市さんはどうしたんだろう」

お初に肩を抱かれて、お瑛は呟いた。膏薬くさかった。

「大丈夫、市さんは、きっと間に合って帰って来ますよ」

しかし市兵衛は、とうとうその夜は帰らなかったのである。

床についてから、風の音や、カタカタとかミシリとかいう得体の知れぬ音にいちいち耳をそばだて、一睡もせずに夜明けを迎えた。

翌二日めも朝から雨。黒い雲が低くたれこめ、たえず空のどこかで遠雷が聞こえていた。

市兵衛も帰って来ないし、常吉が現れる気配もなかった。

気ばかり焦るが、お瑛は何をする手だても浮かばない。時間がもどかしく進んだ。

午後になって、近所の蠟燭問屋の伊代《いよ》が顔をのぞかせた。

少し狐に似たこのおかみは、おしゃれで、色白の細い顔に草木染めの着物がよく映えた。この日も夏用の着物をあつらえるために来たのだが、市兵衛も居らず、お瑛が暇を持て余していると見て、上がり框にどっかり座り込んだ。

「よく降ることねえ。北の方は大雨で大変ですって」

珊瑚珠の簪《かんざし》を抜いて髷の奥をかきながら、言った。

伊代の話はいつも、暑いの寒いの、雨の日は膝が痛むのと、気が遠くなるような前置きが続く。路上でその姿を見かけると、お瑛は手前の路地を折れてしまう。

だがこの時ばかりは、聞きとがめ向き直った。

「大変って、どう大変なの？」

「どこかの川が氾濫して足止めですって」

「川ってどこの川？」

確か栗橋の北には、利根《とね》川という暴れ川が控えている。さらに日光街道をその支流やら、荒川や、江戸川の源流などが何本も横切っているはずだった。

「まあ、どうしたの、お瑛さん」

伊代はお瑛の切羽詰まった顔に驚いたようだ。

「うちの市さんが、あの辺りに居るのよ」

「まあ、よりによって。坂東太郎ってあの利根川のことでしょ。よく氾濫する川ですもんねえ」

のんびりと伊代は言って、お茶を啜った。

「あたしは、南千住より先に行ったことはないの。でもあの川を舟が動かないと、米相場がどうにかなるんだって……」

市兵衛は帰るに帰れないでいるのだ。このまま何日も立ち往生したらどうなるか。

伊代が帰るとすぐ、お瑛は傘をさし雨下駄を履いて、十六夜橋の地蔵様まで行き、市兵衛の無事を念じた。

その足で自身番に回り、日光街道の状態を確かめてみる。

そこに入っていた情報によれば、利根川に大洪水は起こっていないが、杉戸宿《すぎと》あたりの支流の増水で、橋が流され、通行不能になっているという。

4

暮れていく庭に、時おり稲光が走った。

そのたびに庭の闇に、緑の茂みが鮮明に照らし出される。あの山梔子《くちなし》の蕾が白い花を咲かせるのを、あたしは見ることが出来るかしら。そんなことを考えつつ、お瑛は縁側に長いこと佇んでいた。

表戸をドンドンと叩く音がしたのは、その夜の戌《いぬ》の刻（八時）頃だった。まだ床に入るには間があり、お瑛は気を落ち着かせるため行灯の明かりで絵草紙を見ていた。

はっと耳をそばだてていると部屋の外に足音がし、おかみさん、……とお民の声がする。

「表に旅のお人が来て、市兵衛さんの手紙を預かってると……。裏木戸に回ってもらいましたが、開けても構いませんか」

「ええ、開けておあげ」

お瑛は身じまいを直し、手燭《てしょく》を持って裏口まで急いだ。

戸を開けると、雨の中から、蓑笠をつけた男が抜け出てきた。雨滴を滴らせながら土間に立ち、お瑛さんで？　と短く念を押す。その低いしゃがれ声や、どこか隙のない身のこなしから、賭場を渡り歩く股旅者と想像された。

「あっしは浅草まで行く者ですが、越谷《こしがや》の宿で市兵衛さんと一緒になりましてね、手紙を言付かって参りやした」

「まあ、ご苦労様です。市兵衛はどうしたんですか？」

「市兵衛さんは、足を痛めなすった。杉戸宿の利根の渡しは無事通ったものの、悪路を急ぎすぎたようだ。なにしろ雨がひどくて、馬も動きゃしねえんで。ところが市兵衛さん、越谷宿で動けなくなってるのに、馬を必死で探していなさる。その執念が、尋常じゃあない。仮に馬が見つかっても、あれじゃ半死半生でさ」

「市さんたら……」

ふだんは計算高いしっかり者だが、その半面、いかにも律儀な市兵衛の顔が彷彿《ほうふつ》する。

「どんな事情か知らねえが、ただの届け物ならあっしが届けると……。見るに見かねて言ったんでさ。なに、日本橋は通りがかり、ほんの四半刻のおまけだ、あっしを信用しておくんなさいと。するとすぐに手紙を書き、しつこく念を押されましたよ。一刻でも早く、蜻蛉屋のお瑛さんに、直接手渡してほしいと」

「それはそれは」

「そんな次第でして、おかみさん、確かに手渡しましたぜ」

「はい、確かに頂戴しました。あの、お名前を……」

かれは手を振り、お瑛のお茶のすすめも断って、外に出た。二朱銀を紙に包んで渡そうとしたが、すでに市兵衛にたっぷり貰っているからと、受け取らなかった。

お瑛は傘もささずに裏木戸から外の路地まで走り出て、黒い影が闇に消えるのを手を合わせて見送った。

〝急ぎ一筆参らせ候〟

その短い手紙は、そう始まっていた。

すぐ発つという浅草の人にせかされて、よほど慌てて走り書きしたのだろう、日頃達筆で、印で押したようにかっちりした市兵衛の字が、掠《かす》れたり歪んだりしている。かれが今いかなる苦境にあるか、一言も触れていないのだが、その字がすべてを物語っている。

それによれば――。

蜻蛉屋の一大事を打ち明けられて、『一関』の長吉は大いに驚き、すべてを話してくれたらしい。茶碗の共箱には、もともとその由来書が入っていたようだと。

ところが持ち主の僧が〝由来書は破棄するべし〟と遺言したのだという。それを聞いた一関家では、この茶碗には何か後《うしろ》暗い過去があると察し、後難を恐れて破棄してしまった。

だが書かれていたことは記憶され、言い伝えられている。

長吉が親から聞かされたのは、あの茶碗の所有者は不昧流茶道の宗匠、本澤玄庵《もとざわげんあん》であること。かれは松江藩の江戸屋敷に詰めていたが、病床の不昧公に国に呼び戻され、死の直前に贈られた、と。

市兵衛が死に物狂いで伝えてきた手がかりは、そのことだった。

翌三日め。

朝一番でお瑛は駕籠を呼び、まだ小雨の残る中、赤坂御門内にある松江藩上屋敷まで行ってもらう。

不昧公の頃から、すでに数十年もの時がたっている。果たして本澤玄庵の子孫が、今も江戸詰めかどうかは、行ってみないことには分からない。一か八か、江戸屋敷まで行って聞くしかなかった。

広大な屋敷は、気後《おく》れするほどどっしりした塀に囲まれている。駕籠かきは、その幾つかある門の、最も外れにある門でお瑛を下ろした。表門は町人の通行は許されず、そこはどうやら出入りの商人の通用門らしい。

窓口でお瑛は名を名乗り、ズバリ茶匠の本澤玄庵に取り次ぎを頼んだ。

すると鑑札か、紹介状がなければ取り次げないと言われた。

「それに本澤さまとな?」

髪に少し白いものの混じった受付方は、眉をひそめて、名簿を睨んでいる。どうやら不安が的中したらしい。

「お茶匠にその名前はないが……」

「本澤家は不昧流のお茶匠で、以前、江戸詰めだったと聞きます。ご親戚のどなたか江戸におられませんか」

「ここでは分かりかねる」

「では、今のお茶匠はどなたさまでしょうか」

一朱を紙に包んでそっと差し出しながら、訊いた。

「五人おられるが、藤川蛇庵《ふじかわぼうあん》さまが筆頭だ……」

「その方にお取り次ぎ願えませんか。急ぐのです」

「紹介状がない限り、取り次ぎは致しかねる」

お瑛は頭の中が白くなり、呆然とその場に佇んでいた。手がかりの糸が切れてしまった。万事休すだ。どうする、どうしたらいい、おっかさん……。

数人並んで待っていた人がすっかりはけても、お瑛はまだそこに傘をさして突っ立っていた。見かねたかあの心付けが効いたか、先ほどの受付方が咳払いをし、乗り出すようにして小声で言った。

「藤川蛇庵さまは、五つ（十時）に出勤なされる」

五つといえば、もうすぐだ。

「ああ、ほれ、いま入ってこられた駕籠……あれだ」

はっとそちらを見ると、遠い通用門から入り、玉砂利を奥に向かって進んでいく駕籠が木の間がくれに目に入った。

瞬間、お瑛の頭に稲妻が走り、そちらに向かって走りだしていた。会わなくちゃならない。菊川から受けたあの屈辱、市兵衛の奮闘、お初の物問いたげな顔、すべてが肩に掛かっている。

傘を放り出し、途中で下駄も脱ぎ捨て、裸足になって走った。足の裏にひやりと砂利が触れたが、痛いとも感じなかった。

「そのお駕籠、ちょっとお待ち下さいませ、蛇庵さま、お待ち下さいませ」

何事かと駕籠は止まり、駕籠かきがこちらを見た。表門から警護の役人が走って来るのが見える。

「蛇庵さま、話を聞いて下さいませ、私は日本橋で茶器を商うお瑛と申す者、怪しい者ではございません」

お瑛は駕籠の側に走り寄ると、そこにしゃがみ込んだ。着物が濡れるのも構わず玉砂利に両膝をつき、両手をついた。

「ご無礼の段、お許し下さいませ。お茶匠本澤玄庵さまのゆかりの方を、探しております。ご一門のどなたかをご存知ありませんか？」

必死で言ったところへ、役人二人が駆けつけて来た。

「控えよ、不届き者が！」

濡れた棒が、お瑛を前後から羽交い締めにした。その時、駕籠の中から柔らかい声が聞こえた。

「これ、やめなさい、女人に威張って何とする」

御簾《みす》が上がって、白い髭をはやした痩身の老人が顔を出した。

「……本澤さまのご一族は、とうに松江に引き上げておる」

古い昔を思い出すように、ひとり頷いて言う。

「玄庵さまが不昧流の筆頭宗匠だったのは、不昧公のご存命の頃でな。わしが子どもの頃のことじゃ」

御簾が下りた。

「もし、虻庵さま、志野茶碗『薄暮』のことをうかがいとうございます」

お瑛は必死で食い下がった。

進み始めた駕籠が少し行って止まり、またあの老人が顔を出した。

「……薄暮がどうしたと？」

「玄庵さまが不昧公から賜ったというその茶碗について、調べております」

「薄暮とは……加藤瓶四郎の？」

「はい、五代瓶四郎の」

老人は頷いて少し考えて言った。

「松江の茶人の間では、よく知られた話がある。玄庵さまが筆頭の地位を失ったのは、ある茶碗を、紛失したのが原因だったと。その茶碗の名が薄暮といった。そのことで本澤家は、殿のご不興を買い、江戸を引き上げて松江に帰ったと。不昧公のご嫡男の斉恒《なりつね》さまじゃが」

「では……」

さらに言おうとするのを、かれは手で押しとどめ、もの問いたげなまなざしでお瑛の顔を見た。

「わしは先を急ぐ……これから夜までに、五つの茶会をお預かりしておる身。三日のちに、ゆっくり話を聞こう」

「それでは間に合いませぬ、私は、薄暮の贋作を扱った咎《とが》で、明日にも江戸を追われる身でございます」

「ふむ」

茶の達人は短く頷き、間髪を入れずに言った。

「玄庵宗匠の直弟子だった者が、小石川で診療所をやっておる。名前はサワダという。忙しいお人だが、今はわしの門下じゃ、虻庵の肝煎《きもい》りと言えば、すぐにも会ってくれるじゃろう」

御簾が下り、玉砂利の軋《きし》む音とともに駕籠は遠ざかっていった。

その音が聞こえなくなるまで、お瑛は頭を下げ続けた。

5

「そうでございますか、虻庵さまが佐和田《さわだ》のことを……」

襷《たすき》と紺の前垂れを外しながら、その女性は頷いた。

松江藩上屋敷から出て、そのまま駕籠を拾い、小雨の中を小石川まで飛ばしてもらった。佐和田診療所を探し当てるのには、時間はかからなかった。

髪の白いものの混じり具合からして、もう六十近いだろう。おっとりした中に、どこか凛《りん》とした気品が感じられる。

「でも、せっかくお越し頂きましたが、当家の主人は亡くなりました。今年は三回忌でございまして」

「亡くなられた……?」

虻庵は高齢ゆえ、それを忘れていたのか。心の中で、何かが音をたてて崩れた。これですべてが終わりか。お瑛があまりに露骨に落胆を見せたからだろう、相手は申し訳なさそうに言った。

「あのう、私は女房の嶋《しま》と申しますが、どのようなことでございましょう。何とかこを続けておりますし、何か分かることもあるかもしれません……」

「有り難うございます。でも……」

「遠慮なさらず、どうぞ何なりと訊いて下さいまし」

嶋と名乗った女に、お瑛は首を振って、縁側の向こうの中庭に視線をそらした。そこでは数人の子らが、花壇を踏んで遊んでいる。

「あの、お瑛さん……と仰言いましたね。虻庵さまのお取り次なら、お茶のことでございましょう。お茶なら多少は心得がございますから、お力になれるかもしれません」

門に、佐和田診療所という標札に並び、〝不昧流茶道師範〟という看板が出ていたのを、お瑛は思い出した。お嶋の夫の佐和田某が虻庵の門下というから、その妻もたしなむのだろう。ふと、話してみようかという気になった。

「実は『薄暮』という茶器のことを調べております」

「薄暮の、どんなことをお訊きになりたいので？」

お瑛は意外な気がして、その顔を見た。力になりたいという柔らかい親切な態度にほだされただけなのだが、思いがけなく、彼女はその名前を知っていて、当たり前のように先を促した。藁をも摑みたい。胸にせき上げてくるものに押され、お瑛は薄暮にまつわるすべてを語った。

「そう……そうでしたか、それは難儀なことでございました」

お嶋は何度も頷きながら聞いていた。

「あの、ちょっと拝見させて頂きとうございますが」

お瑛が茶碗の入っている包みを差し出すと、彼女は共箱を開き、まあ……と声をあげ、何か呟いた。そして茶碗を手に取ったきり、じっと見つめて沈黙している。お瑛も一緒に眺めていて、急に胸が高鳴った。

お嶋の手が微かに震えていたのだ。

「薄暮については、主人からいろいろ耳にしております」

やがてお嶋は、茶碗を見つめたまま言った。

「先代の茶匠玄庵が、松江の殿様から薄暮を頂戴して、紛失なすったそうです。それで次の殿様のご不興をかい、筆頭の地位を奪われたと聞いています」

お嶋は虻庵から聞いたことを、繰り返した。

「で、これは……」

「ああ、私は目利きじゃございませんから、本物と贋作の区別など分かりませんが……。でもこれは薄暮じゃありません」

はっきり言われて、お瑛は目をむいた。

「どうしてそれがお分かりですか、お嶋さまは、本物の薄暮をご覧になったのですか？」

お瑛は膝を乗り出し、責めるように言った。

相手は何とも答えず、なおも茶碗をじっと見ている。その無心な感じが何とも涼やかで美しいのに、胸を打たれた。この年で、これだけ美しい人を、本当の美人というのではないか。

そう思った時、お瑛は何がなしはっとした。サワダという名前を口にした時、虻庵は男とも女とも言わなかったではないか。

お瑛が勝手に男と思い込み、受付で〝薄暮という茶碗のことで、ご主人さまと話したい〟と言ったのだ。出て来たこの女性を、今の今まで、その妻女としか思っていなかった。

だが蚯庵が紹介したかったのは、もしかしたらこの女性であり、亡くなった夫の方ではないのかもしれない。

佐和田家の当主が故人であることを、蚯庵が失念するはずもなかった。女性が師範であっても不思議はない。このお嶋こそが、玄庵に茶を教わった直弟子で、今は蚯庵の弟子ではないのか
「あのね、見分け方は簡単なんですよ」

お瑛の動揺を知ってか知らずか、お嶋は無心に微笑んで言った。

「ここに、ほら、小さな二羽のセキレイが焼き込まれておりましょう。そのうち、一羽は左、すなわち東を見ておりますね。でも『薄暮』のセキレイは、西を見ているはずなのです」

「えっ」

なるほど言われてみるとそうだ。白いセキレイの一羽は下を見て餌をついばんでいるが、一羽は首を上げて左を見ている。

以前、家で見た薄暮はどうだったか、はっきり思い出せない。

「左側の白を夜明けの色、右にかかっている釉薬の鼠を夕色と見立てますの。それで西と東というわけ……。これは『黎明《れいめい》』です」

「黎明……?」

驚いて、お瑛はお嶋の顔を見た。お嶋はどこか放心したように、遠くを見る目になった。

「作者は、それを贋作としないために……つまり新作とするため、一羽の向きを変えたんじゃないですか。いえ、詳しいことは存じませんが、主人からこんな話を聞いております……」

すべてを〝主人から聞いた話〟にしておきたいらしく、そう前置きしてお嶋はぽつぽつと語り出した。

土岐に桃山時代から続く瓶四郎窯には、腕の立つ若い陶工が二人いたという。
兵蔵《へいぞう》と仁吉《にきち》で、この二人は同い年で、同郷の仲良しだった。
十代後半から二人は競い合って、次々といい器を焼いた。
激しい修練を重ね、格好の競争相手として切磋琢磨《せっさたくま》していた二人だが、それも初めのうちのこと、次第に互いを意識し合うようになっていった。

瓶四郎には息子がいなかったから、長女の瑞江《みずえ》の婿となる男が、窯《かま》を継いで五代目となるのだ。

天才肌といわれたのは兵蔵の方である。十歳年下の瑞江と恋仲だったのもこの兵蔵だから、誰もが後継ぎは、兵蔵であろうと予想していた。

ところが二人が三十になった時、瓶四郎が後継ぎに選んだのは、仁吉だったのである。腕は兵蔵より劣るが、穏やかな性格が、四代目に気に入られたらしい。

敗れた兵蔵は瓶四郎窯を出たが、瑞江への強い執着から、土岐を離れることが出来なかった。別の窯に身を置いて焼くかれの器は、評判が高く、瓶四郎窯としては気が気ではない

そんな折、事件が起こった。兵蔵は町から来たごろつきに喧嘩を売られ、摑み合いのどさくさで、右手の親指を切られたのだ。

噂では、仕組まれた喧嘩だったという。親方が、町からやくざ者を呼びよせ、兵蔵がもう土をこねられないように指を傷つけたのだと――。

兵蔵は喧嘩沙汰を起こしたかどで、村を放逐された。

その後の消息は不明である。江戸に流れたとも、罪を犯して島送りになったともい

われる。

仁吉すなわち五代目が『薄暮』を作ったのは、それから数年後のことだった。それで薄暮は、江戸の豪商の目にとまって高く買い取られ、不昧公に献上された。それで瓶四郎の名も一躍有名になった。

だが不昧公は病を得て薄暮を手放す気になり、茶匠玄庵に譲ったのである。

「それから何年か後でございますよ、奇妙なことがあったのは」

お嶋は続けた。

「玄庵さまは、殿様……斉恒さま主催のある大茶会で茶頭をつとめられ、薄暮をお出しになった。殿様はじめ、お客様はみなこれを愛《め》で、茶会は大いに盛り上がったそうです。ですが……」

茶碗が自分の手許に戻ってきた時、玄庵はふとあることに気がついた。茶碗の中のセキレイの見ている方角が、記憶とは違っている……と。手の中にあるのは、偽物だと瞬時に悟った。

「その時は、全身に冷や汗が滲んだそうですよ」

そんなことがあるだろうか、とあれこれ記憶を探ったが、確かにこれは逆である。

だがどう考えても、どうして逆になったか、その理由が分からない。茶碗が違っているのだから、誰かがすり替えたのだろう。だがいつ、誰がすり替えたのか、どうにも考えが及ばない。

何より不思議なのは、かくも薄暮とよく似て、しかもそれを上回る逸品が、いったい誰の手によって作り得たのか。それがどうしても分からないのだった。

何も知らない殿様はすっかり気に入って、次の茶会の時も、薄暮をお召しになった。しかしこれが偽物であることに気づいてしまった以上、玄庵は、もう欺くことは出来かねた。

やむなく薄暮は盗難にあったと奏上した。自らのうかつさを恥じ、責任を感じて、筆頭の座を下りたのである。

殿様からは特にお咎めはなかったが、かれは江戸屋敷も辞して、松江に引き籠ってしまった。

ただその間、美濃出身の茶人を招いて話を聞いたり、土岐に使者を送って密かに事情を探ってみた。そしてようやく兵蔵の存在を知ったのだ。

贋作を作った者は兵蔵を措《お》いていない。兵蔵はこれをもって、五代目瓶四郎に挑んだのだろうと。

そう確信するに至った玄庵は、『薄暮』に対し、兵蔵が作ったと推測されるものを『黎明』と名付けて珍重したという。

6

「その黎明も、玄庵さまが亡くなってから、売りに出されたと聞きました。作品が幾ら見事でも、兵蔵は無名の陶工ですものね」

話し終えても、お嶋は黎明を手で撫でさすっている。その様子がどことなく艶《なま》めかしかった。

「あのう、一つうかがいとうございます」

我がことを忘れて、お瑛は言った。

「その瑞江さまはどうなりましたの？」

「…………」

「好きなお方と別れさせられた上、そのお方が村を追われるのを、黙って見ていたのでしょうか」

「何分にも美濃の草深い山里です。まして窯元の娘だから、何かとしきたりもございます……江戸とは違いましょう」

お嶋は首を傾げ、遠くを見て呟いた。

この話にはどこか変なところがある――、とお瑛には思われてならない。

そもそも親指を切られた兵蔵が、これほどの名品を作れるのか。

いや、天才にはそれが可能だとしよう。

だが『薄暮』は、兵蔵が村を追われてから作られた作品である。不昧公から玄庵の手に渡って秘蔵されていたものを、かれがどこで見ることが出来ただろう。見ずして、果たしてそっくりに贋作し得るだろうか。

お瑛はそのことを口にした。

「ああ、お瑛さん……」

お嶋は微かな笑みを浮かべて言った。

「やっぱり〝思い込み〟があるのですね。『薄暮』をお手本に、『黎明』が贋作されたと。ええ、誰もがそうお考えになりましょう。でもその逆は、どなたもお考えにならない」

「逆ですって？」

まずはこの『黎明』があった。それからその〝贋作〟薄暮が作られたというのか。

そう考えた時、初めて頭の中でゆるゆると、謎が解けていくのをお瑛は感じた。

兵蔵の手ですでに作られていた茶碗を、五代目瓶四郎が真似て作ったとしたら？ 兵蔵が残していった『黎明』を手本に、『薄暮』を作ったとすれば、そっくりに仕上がるのは可能である。

急に焦点が、ぴったりとお嶋に重なった。

閃《ひらめ》くままにお瑛は言っていた。

「お嶋さま、どうしてそれを。あなた様こそ、瑞江さまでは？」

「まあ、何を急に」

「そこまで立ち入って知ることが出来るのは、瑞江さまだけじゃありませんか」

「……瑞江は私の姉でしたが、もう亡くなりました」

お嶋は首を振り、観念したように言った。

「長男を生んでからずっと病がちでした。でも……病死ではないのですよ。自ら縊《くび》れて……ね、ええ、薄暮が出来上がった時でした。私はまだ二十歳でしたが、もう佐和田に嫁いでおりましたの」

彼女は四代目の妾腹の子で、年がずいぶん下だった。異母姉の瑞江にはよく可愛がられたが、それでも村の外に出たかった。

伝統ある窯元の一人娘として、父を支え、夫を支えて来た姉の苦労を、ずっと見てきたからだ。

「私はただ家を出たい一心で、いいことづくめのお仲人口に飛びつき、江戸に向かいましたの。佐和田の顔は、婚礼の席で初めて見たのです。顔はあばたでございましたが、いい人と巡りあいました」

「まあ、そうでしたか。その佐和田さまが、松江のお方だったのですね」

「ええ。松江は茶の盛んなところでございます。主人が玄庵さまのお弟子でしたから、私も直々に手ほどきを受けました」

「そうでしたか」

お瑛はじっと、まだ華やぎの残るお嶋の顔を見つめた。瑞江という女性も、こんな感じの人だったのではないだろうか。

「ああ、たぶんあなた様でしょうね、玄庵さまのもとで、薄暮と黎明を入れ替えなすったのは」

「そんな大それたこと……」

「いえ、あなた様しかおりません。この二つの茶碗に触れられる立ち場のお方は、他にはいないじゃありませんか」

しばらく黙って茶碗をさすってから、お嶋は微笑んで言った。

「もう忘れました。はるか昔のこと。どのようにお考え遊ばしても結構です。それより、せっかく何十年ぶりかで黎明に会えたんですもの、これでお茶をたてさせて頂けますか」

「ぜひ」

お嶋は立ち上がり、いそいそとお茶の支度を始めた。

おそらく彼女がすり替えたと思われる薄暮は、その後、一体どうなったのか。何度も聞こうとして、聞きそびれた。その隙を与えなかったお嶋は、たぶん問うても答えなかっただろう。

恋人にでも出会ったように、黎明を撫でさすっているお嶋。お瑛には、そんなお嶋が、瑞江の化身に思えてならなかった。

薄暮を退け、黎明を名器の置かれる場所に据えるという行為は、亡き瑞江の望むところに相違ないのである。

「…………」

夕刻になってお瑛はようやく日本橋に帰りついた。

三日かけて、『薄暮』の生い立ちに触れることが出来たのである。その意味で貴重な三日だった。

しかし結果として、今あるこの志野茶碗が、『薄暮』ではないことを証明したにすぎないのだ。期限は明日に迫っている。

結局は、栗橋から日本橋に運ばれて来た時すでに、『薄暮』は、『黎明』だったと考えるしかない。そうであればお手上げである。

お瑛は覚悟を固めた。

翌日は、雨が上がっていた。お瑛は未だ明けやらぬうちから起きて井戸の水を浴び、早々と身支度を整えた。

昨夜、半死半生で帰り着いた市兵衛も、きっちりと身拵《みごしら》えをし、青白い緊張しきった顔で控えている。お瑛とともに屋敷の奥まで付き添い、運命をともにする覚悟だった。

神棚に手を合わせ、いざ出かけようと駕籠を待っている時のこと。

突然お屋敷から使いがやって来て、お瑛宛ての書状を置いていったのである。

緊張の極致にいたお瑛は、震える手でそれを押し頂いた。息もせずにおそるおそる読み、しばらくじっと見入っていた。

「…………！」

突然、言葉にならぬ声を上げてそれを放り出すや、その場にへたりこんでしまった。

「ど、どうしました、おかみさん」

「お民に読んであげて」

市兵衛は書状を拾い上げ、声に出して読んだ。

〝本日、屋敷まで来るに及ばず。件《くだん》の茶器、屋敷内に保管これあり候よって、茶会の後改めて相談致したく候。後日沙汰あるべきこと、急ぎ参らせ候　菊川〟

「……な、なんですか、こりゃあ？」

市兵衛は突っ立ったまま、頓狂な声を上げた。

「市さん、店を開いておくれ」

「しかし……」

「シカシもカカシもない。来るに及ばずと言ってるんだから、行くに及ばずだ」

まだ半信半疑のまま市兵衛が店を開くと、その直後、まるで待っていたように姿を現した者がいる。加賀の常吉だった。

帳場にはお瑛が座り、その横には市兵衛が立っていて、二人とも引きつった青ざめた顔でかれを凝視している。二人とも、常吉をお屋敷からの使いと勘違いして、一瞬、震え上がったのである。

「おや、お二人さん、どうしはった。ヘンなものでも見たような顔で……」

「ええ、今、常さんが幽霊に見えました」

お瑛はにこりともせずに、首を撫でさすっている。

「こりゃ、どうも。例の茶碗のことで、お屋敷から呼び出しでもありましたんか？」

「いえ、どうにもこうにも、お武家さまのなさることはわけが分かりません」

お瑛は怒ったように、例の書状をかれに見せた。

チラと目を通して、常吉はいちだんと黒くなった顔をひしゃげ、声を上げて笑った。

「はっは、これでええんや」

「何がいいものですか。何の説明もないんですから……」

「いや、お武家さまなんて所詮そんなもんですて。あの鼠は、鶴川藩のネズミのせいでしてな、ここだけの話……」

「……どういうこと？」

常吉の束ねる隠密の情報によれば、鶴川藩はお家騒動に揺れている最中という。

茶道楽に明け暮れる宗像さまの悪政をめぐって、家臣が二つに割れていた。弟君を担いで藩の刷新をはかろうとする江戸家老派と、現状維持の城代家老派と。それは改革派と、保守派とも言い換えられた。

「まあ、そんな物騒《ぶっそう》な話、おかみさんは知らんでもええ。ともかく今度のことは、陰謀がらみでして。保守派が、改革派を陥れるため仕組んだこと。いいとばっちりですわ」

発端は、保守派がたまたま贋作とされる『黎明』を手に入れたことに始まる。本物の『薄暮』が蜻蛉屋にあるのは周知のことだったから、宗像公にその事実を吹き込んで、薄暮を所望するよう焚き付けたのである。

殿様の意向を聞いた菊川は、すぐに蜻蛉屋に薄暮を運ばせた。それを屋敷内にいる保守派が、黎明とすり替えたというわけだ。

菊川弥九郎は、危うく奸計《かんけい》に陥るところだった。もし殿様の前で贋作を指摘されたとすれば、江戸家老ともども、詰め腹を切らされたところだろう。

「まあ……」

話を聞いてお瑛は身震いし、しばし絶句した。お豊とご隠居の目が間違っていなかったのは、嬉しかった。だが政《まつりごと》のざわめきが、かくも身近に感じられたのは初めてである。

それにしても――。一度は松江藩江戸屋敷で黎明とすり替えられ、今また鶴川藩江戸屋敷ですり替えられたこの茶碗は、よくよくの因縁につきまとわれているというべきだろう。

「でも、常さん、一体どうやってその陰謀を暴いたわけ？」

お瑛がようやくいつものお瑛に戻ってそう迫ると、暴くなどと大げさな……と常吉は小指で鬢を掻《か》いて苦笑した。

「幸い、手頃な猿渡九谷が荷の中にあったんで、まずはお屋敷に売り込みにあがったんですよ」

「まあ、いつのことです？」

「はい、昨日の昼前でして。近々に茶会があるとかで、御用人の菊川さまが出てみえた。菊川さまは手前を密偵とみて、日頃からそれとなく情報を聞き出しなさるので。そこで、ちょいと耳元で囁いただけのことです」

「……どんなふうに？」

「なに、簡単です。こちらの説明より、あちらの察しが良かったんで」

常吉は笑って言った。

「手前は一言、こう言っただけで。あの鼠はお屋敷のネズミが齧《かじ》ってますぜ……とね」

その一言ですべてを察した菊川は、抜き打ちで屋敷内を捜索した。茶碗は意外にも、女中頭の部屋の棚に載っていたという。

『薄暮』は結局、言い値で殿様に引き取られた。

だが『黎明』の方は、よしなにせよ、と厄介払いされて、ひっそりとお瑛の手許に渡ったのである。

お瑛はこの黎明を蔵にはしまわず、自室の違い棚に飾った。いつも見ていたかったし、盗難のおそれもない。お墨付きも由来書もない〝贋作〟なのだから。

だがそれは何を真似たものでもない。無名の若い陶工の創意のままに、手びねりされ、絵付けされ、業火をくぐってきたものだ。そこには、土や、未来や、愛する人への、一途で奔放な思いが焼き込まれている。東の空を仰ぎ見るセキレイは、若き陶工自身の姿だろう。

かれの生涯は、日が中天に昇る前に暗雲にかき曇ってしまったようだが、その作品は、厚い雲を破って、こうして自らの姿を伝えているのである。

あの鶴川藩屋敷で、贋作呼ばわりされ突き返されて見た茶碗を、力強いものと見た自分の目を、お瑛は誇らしく思う。

いずれまた栗橋から、長吉が反物の荷を担いで来るだろう。

その時には、ぜひ聞いてみたいことがある。

持ち主の願人坊主について、〝指に損傷があった〟というような言い伝えがなかったかどうか――。

五の話　蛍舞う

1

昼過ぎ、思いがけない通り雨があった。

お民がバタバタと軒先に出した籠を片づけていると、四十がらみの太った女が、駆け込んで来た。

見かけないお客だな、とお瑛は帳場から顔を上げて思った。

女は何か探すふうに出口近くの棚を物色していたが、雨の雫《しずく》を払った指で、広げた反物に次々と触《さわ》っている。どうも指を布で拭いているようにも見えるのだ。

市兵衛は外出しており、お瑛は帳場にいる。間近にいたお民は、しばらく黙ってチラチラそちらを見ていたが、とうとう我慢できないような口ぶりで言った。

「あのう、お客さま……。濡れた手で反物をお触りにならないで下さい」

「何ですって」

お民に向けられた女の細い目に、みるみる怒気が走る。でっぷりした二重顎が微かに揺れた。

「あたしの手は濡れちゃいないよ。これでも汚れてるってお言いかい？」

女はふくふくと脂肪ののった白い手を広げて見せた。

「いえ、あの……」

「触らなきゃ、どんな品だか分からないじゃない。それともこの店じゃ、目で見ただけで反物を買えってわけ？」

「いえ」

「ずいぶんお高いねえ、いえ、お値段じゃなくて、あんたの頭《ず》が高いって。あたしゃ、買う気のないもんは触りゃあしない。買おうと思って吟味してたんだ」

「まあまあ、お客さま」

帳場からお瑛が出て来て、お民を脇に押しのけた。

「どうもあいすみません、この子が何か失礼なことを」

「いえね、あたしが反物で濡れた手を拭いてたって。口の利《き》き方ってもんがあるんじやないの? 買うつもりで来たのに、そう言われちゃ……」

「ごもっともでございます。何分にも入ったばかりで」

確かにお民は時々、直截《ちょくせつ》すぎる口の利き方をすることがある。それはたぶん、片方の耳が聞こえないせいなのだ。片耳に懸命に注意を集中するため、物の言い方にまで気が回らないのだとお瑛は思っている。

「よく注意しているのですが、まことに至りませんことで。お民、お茶をお持ちして……」

ぼうっと突っ立っているお民を追い払い、笑顔になった。

「さ、どうぞどうぞ、お気がねなく触ってお選び下さいませな。こちらの藍染め、青に近くて涼しそうな色でしょう。藍染めを身に着けていると、蝮に噛まれないといいますよ」

「あら、どうして」

「よくわかりませんが、藍という植物に独特の成分があるんでしょう。阿波《あわ》の産ですよ。あら……よくお似合いになりますこと。色の白いお方におすすめね。お値段は、お勉強させて頂きますから」

最後の一言で、客は何とか機嫌を直したようだ。

蚕のように白いむっちりした指で反物を撫で回したあげく、結局は一割引きの値でこの藍染めを買い、満足げに帰って行った。

「お民……」

お客を見送ってからお瑛が言った。

「はいっ」

丸顔を真っ赤に上気させ、泣きそうな顔で立っていたお民は、怯えたように全身を縮めた。

「雨の日のお客様には、すぐ手拭いをお出しすることね」

「はいっ、申し訳ございません」

「以上、お終い」

さっぱりと言って、お瑛は持ち場に戻った。

帳簿に売り上げを書き入れながら、思うともなく思う。こうしてお客に叱られ、口惜しい思いをしなければ、なかなか自分らしい口の利き方を身につけられないものだ。だからこの一割引きは、決して損ではないのだと。

前に一度、お豊が言った言葉を思い出す。あたしゃ、この年になってやっと口の利き方が分かってきたよ。口べたはいけない、でも口上手はもっといけない、と。

自分はお豊の嫌う口上手に陥っているんじゃないかしらん……。

万屋《よろず》孫市《まごいち》がやってきたのは、こんなふうにお瑛もお民もそれぞれの思いに浸って、しんとしている時だった。

かれは人形町で蛍問屋を営んでおり、まれに姿を見せる時はいつも、蛍を土産に持ってくる。今日も黙って竹籠をお民に渡すと、上がり框に腰を下ろして煙管を取り出した。

「あら、こんなに沢山……！」

お民の渋った顔が、笑顔になった。

「何匹くらい入ってますかあ？」

「これで四、五十四かね」

「どこで捕りなすったの、万屋さん」

お瑛がお茶を出しながら訊くと、孫市はスパスパと煙を吐き出して微笑んだ。

年齢不詳だが、鬢に白いものがちらほら混じっているから、五十前後くらいか。足腰のしっかりした痩せ型で、頬はこけているが、どこかに色っぽさの残る甘い顔つきをしていた。

だがその目は決して人を見ずに、いつも遠くを見ているようで、何を考えているかよく分からない。

口もとに時々浮かべる微笑は謎めいているが、蛍を追いかけて終えるであろう一生を、受け入れているふうでもある。

「そりゃもう、あちこちでさあ……。特に房総の水郷のあたりは、よう蛍が飛びますよ」

商売上の秘密なのか、場所をはっきり言わないが、捕獲場所は房総あたりらしい。百人近い捕り子を雇って蛍を捕えさせ、江戸市中に売って生計を立てているのだ。しろうとに土足で荒らされては困るのだろう。

「でも、蛍なんて、売れるんですかあ」

お民がまたまた失礼な口の利き方をする。

「これ、お民」

お瑛は思わずたしなめたが、年に二、三ヶ月しか飛ばない蛍で、どうやって生計を立てるのか、それほど蛍は売れるものなのか、内心不思議でならなかった。

「ははは、そりゃもう……」

かれは笑って頷き、口癖らしい〝そりゃもう〟を繰り返して、煙をたっぷりと吐き出した。

季節になると料理茶屋や、旅籠、遊廓、豪商、茶人、武家屋敷などから、注文が殺到するという。大事な宴会がある日、大量に庭に放ってお客の目を楽しませるのだと。さらに客人に持たせるみやげ蛍や、貴人に献上される献上蛍など、需要は多かった。縁日に出せば一番人気で、子連れの家族に飛ぶように売れた。

それでも売れ残りが出るという。蛍問屋は毎年、五升を下らぬ蛍を始末するのだと。だがそれも無駄には捨てられない。それらは薬種問屋に引き取られ、圧縮されて、薬にされるのだった。蛍からの抽出物は、練り薬や丸薬や漢方薬に使われる。また蛍の膏《あぶら》は、竹の曲げ物を作るときに指物師《さしものし》が使うという。

「お隣りの国じゃ、魔除けだそうで」

「蛍を庭に飛ばしておけば、明るくて泥棒も寄り付かないってわけ?」

「ていうより、蛍には霊が宿るってことさね。何かしら霊力があるんで、魔除けになるんでしょうな」

そんな話は聞いたことがある。

あれこれ考えるうち、ふとお瑛の頭に蛍の光がパッと灯った。今夜は晴れそうだし、月の出は真夜中になる。

「ねえ、今夜、この蛍を庭に放して、皆で蛍狩りしようじゃない」

「ああ、そりゃいいや。あたしも呼んで下さいよ、もっと蛍を持ってくるから」

話は決まった。お瑛はさっそくそのむね短冊にしたため、向こう三軒両隣りに回した。

日が落ちると、孫市が、真っ先に人形町から出直してきた。蛍の詰まった竹籠をもう一つと、酒の徳利をぶらさげて。

三味線を教えている裏のお師匠さんが、粋な藤模様の浴衣で顔を見せた。四十を少し出たくらいの、華奢な美人で、お座敷浄瑠璃ともいわれる流行《はや》りの一中節《いっちゅうぶし》を得意とし、金持ちの商人を弟子にとって、優雅に暮らしている。

続いて近くの材木屋の若旦那が、若い女房とともに、揃いの浴衣でやってきた。一升徳利を下げている。

少し遅れて蠟燭屋の伊代が、祖父の隠居を連れ、丁稚にスイカを持たせて繰り込んできた。

2

池の周りに縁台を幾つか置き、蚊遣《かや》り火をあちこちに焚《た》いた。

縁側に酒とつまみを並べ、隣りの丁稚とお民が給仕をすることになった。

とっぷりと闇がおりると、庭の明かりをすっかり落とす。

足下灯、石灯籠、吊り行灯が闇に沈み、漆黒《しっこく》の闇がそう広くはない庭を埋めた。

もう誰の顔も見えなくなったところで、お瑛は蛍を放った。あえかな光が点滅しつつ、宙に舞い始める。ほうっとあちこちから歓声があがり、拍手が起こった。

「やはり天然もんはいいねえ」

蠟燭屋のご隠居が言った。

「いや、蠟燭も捨てたもんじゃないですよ」

材木屋の若旦那の声が、縁台から聞こえる。

「いやいや、蠟燭は火事を出すんでいけない。その点、蛍は、どんなに飛んでも火は出ませんや。せいぜい自分が焦げるだけで。啼かぬ蛍が身を焦がす、ってね。ははは……」

ご隠居はそれを言いたかったらしく、都々逸《どどいつ》を口ずさんで、しゃれのめす。

「しかし近頃は、蛍を見なくなりましたのう。わしらがガキの時分は、どこにでもおったような気がするが」

「万屋さん、最近の蛍狩りの名所といえば、どんな所ですかね」

若旦那が、ぱたぱたと団扇を使って言う。

「そうさねえ、大きくて光も強いとなると、何と言っても谷中《やなか》のほたる沢、それと深大寺あたりですか。群舞を見たいなら、清流の流れる所、田んぼ、湖のそばがいい」

「水の甘い所っていうけど、まんざら喩《たと》えばかりじゃないわけで」

「はあ。川でも、松の木は嫌い、柳の木がある辺りに集まるがねえ。あたしの知る限りで最高だったのは、琵琶湖の周囲ですよ。特に近江石山《いしやま》寺の蛍谷はすごい。北は瀬田の大橋から南は供御瀬《くごのせ》まで、群れをなして飛びますよ」

「宇治川は蛍の名所ですね」

「ああ、琵琶湖の蛍が夏至《げし》の頃から下って、山城《やましろ》の宇治川へ移動するんです。こちらもなかなかのもんですよ」

「万屋さん、お詳しいのね、ご自分も蛍捕りをしなさるの？」

伊代のよく透る声がし、ぱたぱたと団扇の音が続く。

「そりゃもう、今でも季節に何回か行きますよ」

「一晩に何匹くらい捕るんですか」

「そうねえ、ヘタなやつだと、百匹で夜が明けますね。あたしはまだまだ、一晩に三千匹は捕まえますが」

「えっ、三千匹？」

お瑛が驚きの声を上げた。

「もう、達人ですねえ」

「そうでないと商売にならんでのう。ほら、こうやって……」

かれは闇の中に立ち上がった。暗くて見えんよ、とご隠居がぼやく。

「こうして、竿で蛍の止まっている枝を叩き、落とすんです。下に落ちて気を失ってるやつを、片っ端からつかみ、口に入れるんですよ、一杯になったところで、網にペッと吐き出す。そうしないととても間に合わない。口の中に入れておきゃあ、湿気もあって、蛍も傷《いた》まないんでして」

「蛇の道はヘビねえ」

お師匠さんが感心したように溜め息をついた。

「聞いた話だけど、宇治川の蛍合戦ってどんなもんですの」

「ああ、蛍合戦、若い頃に見ましたよ」

酒を旨そうに呑む音をたて、孫市の声が響く。

「宇治川はともかく、蛍がめっぽう多いです、宇治蛍と言うくらいでして。時期になると、川の両岸から蛍がどっと舞い出してくる」

俗にここの蛍は、平家追討の兵を挙げ、宇治で敗死した源頼政《みなもとよりまさ》一門の霊の化身と考えられていた。毎年一回、旧暦五月二十六日に集《つど》って、派手な戦を展開するといわれ、日を違《たが》えることはない。

それが幾百万幾千万とも見え、追いつ追われつ、もつれ合いからみ合い、数が減るとまたどこからともなく新手《あらて》が加わって、夜が明けるまで戦うという。

まさに両軍が水上で入り乱れ、乱戦のように見えるので、蛍合戦といわれるのだった。

「その凄まじさときたら……」

思い出すように声がしばし途切れ、皆は息を呑んでその言葉を待った。庭でぽつりぽつりと点滅する蛍の向こうに、大群の乱舞を想像していた。

「夜が明けてみると、川は一面、みっしりと蛍の骸《むくろ》におおわれてるんですよ。それが朝日にきらきら光って、そりゃきれいなもんです」

「一体それは何なの、何のためにそんなことするんです」

お師匠さんが問う。

「つまりは交尾なんですかね。水面に浮く骸はすべてオスです」

孫市の言葉に、溜め息があちらこちらから漏れた。

「ええと、ご隠居、あの宇治川の合戦てのは、どことどこが戦ったんでしたかね」

材木屋が言った。

「ありゃ、あんた、木曾義仲《きそよしなか》と、義経《よしつね》が戦ったんでしょうが」

得たりや応と、ご隠居の舌は滑らかになった。

「倶利伽藍《くりから》峠で大勝した義仲は、勢いに乗じて京に侵入、その傍若無人に怒った後白河《ごしらかわ》法王が、義経に命じて義仲追討令を出しなすった。時は寿永三年一月、義経は宇治川を挟んで義仲と対峙し……」

苦手な歴史談義も、酒を呑み蛍を見ながら、団扇をぱたぱたやっていると、そう苦痛でもない。

「でも、蛍が決まった日に集まって戦うなんて、不思議ですねえ」

話が一段落すると、お瑛がつくづくと言った。

「……不思議といやあ、こんな話がありますよ」

その声に、お瑛はびくっとした。

いつのまに加わったか、蜥蜴の岩蔵親分の声だった。午後遅く、お師匠さんが〝蛍狩り〟の酒のつまみに漬け物を届けに来た時、たまたま親分が店にいたのだ。お暇があったらどうぞ……とお世辞で言ったのだが、まさか本当に来るなんて。やつは追っ手を振り切って、裏山へ逃げ込んだと思って下さいよ」

逃げるうちに夜になったが、もちろん提灯もない。雲間に見えるおぼろな星明かりを頼りに、夜通し歩いた。よく知っている山だし、山越えさすれば、沢伝いに逃げおおせられる。

ところが途中の樵《きこり》小屋のあたりから、ずっと背後をついてくる者がいた。誰だ……？　何度か振り返って誰何《すいか》したが、こちらが止まれば向こうも止まる、で答えはない。

気になって、何度も振り返っては、闇を透かし見た。

闇に目が馴れたとはいえ、若い男らしいとおぼろに分かるだけで、顔は見えない。追っ手ではなさそうだし、危害を加えるふうもなかった。たまたま山中で迷い、樵小屋で夜を過ごしていたところへ、通りかかる者がいたので、これ幸いとついてきたのだろう。

そうは思っても、漆黒の山中で、得体の知れぬ者につきまとわれては、さすが剛の者も気味が悪い。何とか振り切ろうと考えつつも、最後の峠に差しかかった。

そこで、蛍の乱舞を見たのである。

近くに沢があるのだろう。何千匹何万匹とも見える蛍が、地上すれすれから空高くまで、からみ合いもつれ合って乱れ飛んでいた。

男は息を呑んでしばし見とれた。こんな光景はこれまでに見たことはない。この時ばかりは、背後のお荷物も気にならなくなった。

やつも見とれているだろう。こんな夜中に山中を這いずり回るのだから、しょせん脛《すね》に傷を持つ同類に違いない、一声かけてやろうかと仏心が湧いて、ふと背後を振り返った。

瞬間、ぎょっとして凍りついた。

大量の蛍が、その者の頭部に群がっている。黄色めいた光にぼうっと浮かび上がっているその顔……。

その顔は、つい何刻か前に、男が匕首《あいくち》で突いて殺し、金を奪った、油問屋の番頭の顔ではないか。

「……奴《やっこ》さん、こけつまろびつ、沢伝いに里まで下りて捕まった」

親分は続ける。

「助けてくれ、背後《うしろ》から誰か来る、誰かが追いかけてくる……と叫んで民家に助けを求め、御用となった。いや、恐ろしいこって」

3

「悪いことは出来ないもんですねえ、いやはや」

酒が入っているせいだろう、日ごろ無口な材木屋の弓兵衛《きゅうべえ》が感に堪えたように沈黙を破った。

「若旦那も、何かひとつ話して下さいよ」

岩蔵が水を向けた。

「いやあ、こちとら、きわめて現実的な男でしてね。理不尽なことは山ほどあるが、不思議なことは全くないんでして、ははは。ただ、そうですねえ、今の親分のお話で、ちょいと思い出したことがありますよ」

「あら、あなた、何のお話」

そばから女房の甘えた声がする。

「十年も前のことですがね。まだ怖いもの知らずの盛りの頃で、何があっても驚きゃしないんだが……。あの時だけは、ちょっと妙な気分になりましたねえ。いや、たいした話じゃないが、酒の勢いで恥をかいてみますかね」

まだ父親が生きていて、店の羽振りも良かった頃のこと。

上野のある豪商が金に詰まり、船橋の寮（別荘）の裏山の林を伐採し、材木にしたいという。跡地は幕府が買い上げるという話があるのだとか。

先方は急いでいるから、話が纏《まと》まり次第、すぐにも木を伐ってほしいという。大きな取引である。父親と弓兵衛は気負い立ち、連れだって、急ぎ見積もりに出かけた。

現地に着いたのはもう夕方近かったが、まだ幾らか日が残っている。日暮れまでに、ざっと山を見ておこうということになった。

二人とも町人には珍しく馬の心得があった。すぐ馬を借りて大まかにその辺りを駆け巡ってから、山懐《やまふところ》に抱かれたその寮を探し当て、門をくぐった。

すると広い館《やかた》にはもう明かりがこうこうと灯り、どこかざわついている。取り次ぎを頼むと、出て来たのは、この寮を預かっているという白髪の老人である。

本店から依頼があって急ぎまかり越した日本橋の材木問屋、と名乗り、明日の段取りを相談したい、と切り出した。

「いや、そんな話は聞いておらんがや」

相手は困ったように首を振った。

「当家はちょっと取り込み中なんで、後日また出直してもらえんかのう」

押し問答になったが、相手は何も聞いていないの一点張り。奥の方では、何だか啜り泣くような声も聞こえて、どうやら弔《とむら》いがあるらしい。

やむなく材木屋の父子は、町に戻って、旅籠で草鞋《わらじ》を脱いだ。

挨拶に来た旅籠の主にあの寮のことを訊くと、頷いて言うには、あそこの大旦那様が亡くなってから、大変らしいと。

莫大な借金が露見し、あの屋敷も土地も売り払うことになったのだと。

「林は伐って山を削り、あの屋敷も取り壊すんだとか。お上が買うとか何とか、いろいろ囁かれてますよ……」

それを聞いて弓兵衛は妙な気がした。

大旦那が亡くなったのは少し前のこと。つい最近、他の誰か亡くなった人がいるのではないか。

「いま見た限りじゃ、何だか別の弔いがあったみたいだが」

「さあて、あの寮には今、誰もいないはずですが」

旅籠の主は怪訝な顔をして首を傾げて言う。みな解雇され、庭番もいるかどうかあやしいという。

父と子は顔を見合わせた。それではどうも納得がいかない。大の男が二人して化かされたか。

腹ごなしにもう一度行ってくる、と弓兵衛は宿の馬を借り、暗夜を一人で四半刻(三十分)ほど飛ばした。

館の前に立った時、かれは呆然とした。そこには明かり一つ灯っていない無人の館が、黒々と、森閑と静まり返っていたのだ。

明かりもないのに、窓や引き戸が壊れた廃屋が鮮やかに見えたのは、蛍の光のせいだった。

一体どこから集まってくるものか、数万とも見える蛍が空中に乱舞し、館を闇に浮き上がらせていたのである。

敷地内に入ってみたが、歩けば歩くほど静かで、留守預かりの老爺の姿などどこにいるはずもなく、そこにはただただ蛍が群がっているばかり――。

急に恐ろしくなって、かれは一目散に逃げ帰った。

「ありゃ、一体、どういうことでしたかねえ。おやじはそれっきりその話は口にしないし、私も幾ら考えたって分からない」

「家を間違えたんですよ」

女房があっさり言った。

すると岩蔵親分が口を挟んだ。

「あるいは山ひとつ間違えたかね。あの房総の地形ってのは、よく似通ってるんですよ。山が低くて、どこに行っても同じ山が続いている。あそこで迷ったら、そりゃ大変でさあ」

「それも考えましたよ。黄昏《たそがれ》どきでもあるしね」

材木屋は静かに言う。

「そこで翌日、来たとおりに二人で辿ってみたんだが。どうも間違いない。山のあちこちに、所有者の屋号があったし、辺りにはその屋敷しかなかった。建物は荒れ果ててたが、木々はよく茂ってましたよ。いい値で商売できそうだったんですがねえ」

商談はうやむやになり、立ち消えになってしまった。

その豪商の家では不幸が続き、先に立って話を進める者が居なくなったのである。

屋敷は取り壊されたものの、敷地は遺産相続で寸断されたらしく、幕府が買い上げたという話も聞かない。

「……というわけで、いやや、おそまつでした。ま、いずれ何かの間違いだろうが、今んとこは謎ですわ。あんなことは、私の人生じゃ後にも先にもこれっきりでして」

皆はシンとしてしまい、蛍だけがあちらこちらで、明かりを点滅させている。

「お弔いしてたのは、蛍の方だったのねえ」

われに返ったように伊代が言い、皆は溜め息まじりで頷き合い、団扇を使うぱたぱたという音ばかりになった。

「ねえ、万屋さん、おたくは蛍と毎年付き合っていなさるでしょ」

三味線のお師匠さんが、景気づけのように言い出した。

「達人ならではの、とびきりのお話があるんじゃなくて？」

「へっ、とんでもない」

莨《たばこ》の煙にむせるように、孫市は笑った。

「なーんもありゃしませんて。ないから、達人やってられるんですわ、ははは……。妙なことがそうしばしばしあっちゃ、身がもちません」

「そんなもんでしょうかねえ」

「そんなもんですよ」

「でもねえ、どうしてこのお商売を始めなすったの。その男前だもの、山の中に隠しておくのはもったいないじゃない。お芝居なんかが合っていそうな顔でしょう」

お師匠さんはしつこく食い下がる。

ポンと煙管の火玉をはたき落とす音がした。

「その面《つら》を、山の中に隠しておかなきゃなんねえ、理由があったんで……」

はっと闇が揺らいだ。誰もが孫市の言葉を待つ気配である。

4

「……始めたのは、なに、ほんの小遣い稼ぎだったんですがね」

静けさを破って、孫市は口を開いた。

「若い時分、女のことで、ちっとしくじっちまって。ああ、ここに目明かしの親分さんがいなさるんで、ちょいとあれなんだが」

「いいってことよ。ここでの話は見ざる聞かざる……」

岩蔵は、自分が煙たがられているのは先刻承知なのだった。

「いや、殺しちゃいませんぜ、親分さん。もう三十年以上も前、あたしが大工の端くれだった頃の刃傷《にんじょう》沙汰でして」

何があったのか、孫市は語ろうとはしない。感情を押さえるように少し沈黙してから、かれは続けた。

「まあ、そんなこんなで江戸にいられなくなって、しばらく房総の在に隠れておったんです。カラスのうるさいケチな所でね、朝から晩までカラスが鳴き狂って……。場所を移るにも金はない、江戸には恐ろしくて帰れない……」

そうした時である。季節になると、人を雇って蛍を集め、江戸に出荷している農家があると知ったのは。

これなら自分にも出来ると孫市も加わって、多少の小遣い銭にありついた。それが、蛍と親しむようになったきっかけだった。

だがその頃はまだ〝達人〟にはほど遠く、どう頑張っても一晩にせいぜい百匹どまり。これではとても商売にはならなかった。

村境にある水の監視番小屋に寝泊まりし、他の季節は稲の刈り入れや、下肥《しもごえ》問屋の日雇い人足として江戸から来る下肥の運搬に従事し、何とか生き延びた。

ところが二年ばかりたったある夏の晩のこと。

馬小屋とたいして変わらない番小屋の、藁《わら》の上でうたた寝をしている時だった。めずらしく女の夢を見た。自分が匕首《あいくち》で斬りつけてしまった、親方の女房である。

斬ったのは肩の辺りだったから死にはしなかったはず。不自由な身体になっているだろうが、その後の消息はまったく知らない。

夢の中では、女は傷もなく、昔ながらの愛くるしい顔で、孫市に迫ってきた。いい匂いがした。懐かしく嬉しくて、思わず手をさしのべて小柄な身体を抱きしめた。

とたんに目が覚めたのである。かれは饐《す》えたような匂いのする藁の上に、疲れきった身体を横たえていた。

今まで女の夢など一度も見たことがなかったから、これは何かの予兆だろうか、と考え、ぼんやりと闇を見上げた。

真っ暗な中を、ほんのり照らして飛んでいるものがいる。蛍だと気がついた。外は広いのに、わざわざこんなむさ苦しい小屋に迷い込んでくるとは。

もしかしたらあの女の魂ではないか。

そう思ってじっと眺めるうち、いよいよ蛍が、女の化身であるかに思えてくる。女が生きているか死んだかは知らないが、生ある者から魂が迷い出て、蛍に宿ることもあるという。

かれは起き上がって蛍を手で掬《すく》いとるや、いつもの癖で口の中に放り込んだ。入れてみると、かさこそと微かに口の中で身動きする。

それがまた何とも可憐で、色っぽく、あの女を口に含んでいるような思いがした。

舌先でしばらく蛍をもてあそんでいたが、吐き出すのが惜しくなって、つい呑み込んでしまったのだ。

「……それからですよ。蛍が分かるようになったのは」

言いながら孫市は、食い入るような皆の強い視線が一身に集まっているのを感じたらしく、満足げに続けた。

「どこに行けば蛍が群がっているか、分かるんですわ。実際、面白いほど捕れるんです。腹の中の〝魂〟が導いてくれるんだか、蛍の気持ちまで分かるようになってね……」

「えー、蛍の気持ち？」

「そんなものあるんですかあ」

女たちから口々に声が上がる。

「大ありです、蛍を舐めたらいけません」

孫市は自信ありげに言う。

「どなたさんも知っていなさるでしょうが、蛍の発する色は一つじゃないってこと。黄色、青、赤、白……よく見てるといろいろで。あれをどう考えていなさる。あれこそが蛍の気持ちなんですよ」

「…………」

「光の強弱だって、日によって違います。活気があったりなかったり、点滅の速度もちがう……。明日の天気がよい時は青白いし、天変地異を告げる時は黄色く光るんです。敵が近づいている時は予告のためか、赤みをおびてきますわ。大嵐が来る時は一度暗くなり、また燃え上がって、姿を隠します。いろいろのことを教えてくれるんですよ、蛍ってやつは……。それが分かるってことが、ま、魅入られたってことなんですかねえ」

そうしたことが分かってくると、がぜん面白くなった。蛍の好む甘い水を、かれも探すようになった。

甘い水に誘われるように、しばらくは近江、大坂、宇治、丹波あたりの湖や水郷を渡り歩いた。

「おかげさまで、自信がついてからは、江戸にもちょくちょく戻るようになったのだ。

「それで、万屋さん、はい、人形町で蛍問屋を始めて、もう十年になりますかねえ」

つられたように伊代が質問を発した。

「ああ、腹の中の蛍？　ははっ、ちゃんと飼ってますよ、ほれ……」

孫市はいきなり立ち上がって、浴衣の腹のあたりを皆に見せたのである。

あっ、という声があちこちで上がった。

浴衣を透《す》かして、青い光がぼうっと光ったからだった。

一瞬の後、それは孫市がすばやく近くにいた蛍を捕えて、浴衣の下に入れたものだと分かった。

だがその数匹の蛍が放つ光によって、はだけた浴衣の下から、腹が見えている。その素肌を透かして、ぼんやりと青白い光が点滅して見えたのは、何だったか。

あらっとお瑛は思わず叫んだ。

「お腹が光ってる！」

「何、どこが」

材木屋の女房が言った。

「え、どうしました」

「お腹がどうしたの」

皆は言い合い、口々に問いかける声がする。

「万屋さんが、蛍になった……」

笑い声が渦巻いた。どうやらそれを見たのは、お瑛ひとりだったらしい。

お瑛は腹の奥でささやかな光が点滅するのを、確かにこの目で見たと思った。あれは目の錯覚だったか、気の迷いなのか。お瑛は夢から醒《さ》めたように突っ立ち、すでに闇に沈んだ腹のあたりを眺めていた。

孫市は両手で腹を撫でさすり、笑っている。


お開きになったのは亥《い》の刻（九時）である。

後片づけをすませてから、お瑛は手燭をかざして、母の寝間に急いだ。もし起きていたら、今しがたの〝万屋さんが蛍になった〟話をお豊に聞かせてやろうと思った。おまえの目の錯覚だよ、とお豊は言うだろうか。

部屋は開け放してあり、蚊帳を吊っている。

しゃがんで背中から滑り込まないと蚊が入る、とお豊にさんざん言われてきた。そのようにしてそろそろ入り、手燭をかざして見ると、お豊は目を覚ましていて、天井を見上げていた。

「あら、起きてました？」

「ああ……あの人が来たんだよ」

夢から醒めきらないような口調である。

あの人って……お瑛はドキリとして言った。

「おとっつあんのこと?」

「そう、蚊帳の外に立っていたの」

「夢を見てたのよ」

「いいえ、お迎えに来てくれたんだと……」

「夢よ、おっかさん」

「夢かねえ。てっきり……迎えに来てくれたと思ったんだけど。連れてってと頼んだら、来たければ一緒に来なさいって……。いま支度しますからって、身じまいを始めたら、あの人は部屋の外に出て……それっきり……」

お瑛ははっとして背後を振り返った。

今しがた、群れをはぐれた一つ蛍を見たのである。渡り廊下から部屋に入ると、張り巡らした蚊帳にポツリと光を放って蛍が止まっていた。

まあ、迷い蛍。皆とはぐれたんだね、ここはおまえの来る所じゃないのよ。そう呟いて団扇でぱたぱた煽ぎ、庭の闇へと追い出してやった。

群れからはぐれた一つ蛍は、人の魂を背負って飛んで来たもの、といわれる。もしかしたらあれは……と思いかけたが、すぐに首を振った。

蛍は蛍、迷って来ただけのこと。

「やっとあちらに行けると思ったのに。夢だったの……」

「決まってるじゃないの。おっかさん、変なこと言わないで」

ぱたぱたと、少し乱暴に団扇で風を送りながら、お瑛は言った。生きてこうして自分と暮らすより、おとっつあんのそばの方がいいのかしら、と思うと何だか複雑な気持ちだった。

蛍に魅入られた孫市は、こちらとあちらを行き来しているのが幸せかもしれない。だけどおっかさんは、こちらにいてほしい。だってあたしがいるんだもの。

「お迎えだなんて言わないで、長生きしてくれなくちゃ」

「ふふ、そうかねえ」

「そうに決まってる」

何か呟いたがよく聞きとれない。

やがて静かになったので、手燭を掲げてその顔を覗き込むと、すでに寝息をたてている。

お瑛はその頰をそっと撫でた。

さんざん苦労した人である。お豊には一人息子がいるのだが、極道になって長く消息が知れない。もう縁切りしたと他人には口外しているが、簞笥《たんす》の底に、いつ帰って来てもいいように、着替えが一揃い入っているのをお瑛は知っていた。

「おっかさん、蛍に騙されないでね。あちらの水は苦いの。甘いのはこちらの水なのよ」

お豊は夢でも見ているのだろうか。

耳元でお瑛が囁くと、微かに笑ったように見えた。

六の話　四万六千日

1

七月十日は四万《しまん》六千日のご縁日。

暑い盛りである。

この日に浅草寺の観音さまにお参りすれば、四万六千日分のご利益が得られるという。それにちなんで鬼灯《ほおずき》市が所狭しと立ち並び、大勢の善男善女が押しかける。

お瑛は、子どもの頃から、このお参りを欠かしたことがなかった。帰りには必ず鬼灯市で、風鈴の下がった鉢を買って帰る。

家に鬼灯のない夏なんて、一度もなかった。買った時はまだ青い鬼灯の実が、熟れて真っ赤になる頃、夏は終わるのだ。

お瑛はこの日、浅草方面への暑中伺いを、まとめてすることにしている。今年は五軒あり、反物のお届けが一軒あった。

薄日のさす蒸し暑い午後、お瑛はさっぱりと糊のきいた浴衣に着替え、お民を連れて店を出た。

駕籠に乗ったり歩いたりで、予定の訪問先を一通り回り終える頃には、もう日はいい具合に傾いていた。暮れ六つまではまだ少し間があった。ここからがお楽しみである。

「さあ、お民……」

お瑛は急にいそいそと歩きだした。

「四万六千日のご利益を頂いて帰りましょ」

すでにすごい人出だった。

浴衣に団扇の人々が、押すな押すなで雷門をくぐる。込み合う中を何とか賽銭箱まで辿りつき、今日は少し気張って百文銭を賽銭箱に投げ入れる。

「おっかさんの病気が良くなりますように」

手を合わせてそう祈った。こんなにうんざりするほど人はいても、身寄りといえば、この世にお豊しかいないのだ。

お参りをすませ、人の流れに沿って、植木市の並ぶ本堂裏へ行きかけた時だ。

あら……とお瑛は目を浮かせた。

賽銭箱に向かう人の列の中に、見覚えのある顔がチラとよぎったのだ。

あれは……もしかして。

しばらく見ていない顔である。だが、紺色の浴衣によく映える引き締まった白い顔。骨太ながっしりした身体。遠目には、目のあたりが黒々と見えるほど濃い眉と睫毛。青あおとした髭の剃りあとも、昔と変わっていないように見える。

あれは通油町の笹下《ささげ》屋の職人、慎之助《しんのすけ》に間違いない。

かれは腕のいい指物《さしもの》師だった。

指物とは、簞笥や、鏡台、衣桁《いこう》、硯箱などの木工品を、金釘を使わず板と棒、板と板を指し合わせて作ることからきている。その仕事は細密で、完成品は堅牢だった。中でも江戸で作られる指物は、素材を生かして装飾が少なく、洗練された美しさを持っている。

指物師は、神経を集中させて鑿《のみ》や鉋《かんな》を使いこなすため、腕のいい職人ほど気難しく、くせものが多いといわれる。

職人気質の仕事師にはとかく変人奇人が多かった。

だが多少の脱線やデタラメも、仕事で帳尻を合わせればゆるされる、そんな暗黙の了解がこの世界にはあった。

そんな中で、笹下屋の慎之助は例外だった。

気性が穏やかで、指物師とは思えないほど人あたりがいい。平凡な人柄に見えて腕が冴えているから、〝物足りないやつ〟といわれながら誰からも愛されていた。

その慎之助が、今は何と険しい顔をしていたことか。

懐手をし、何かに憑《つ》かれたようにじっと俯《うつむ》いていた。濃い眉をひそめ、唇を引き締めた横顔には、何かしらただならぬ殺気のようなものが、漂っていた。

あんな顔を見るのは初めてである。もっともお瑛は、ここ何年もかれと会っていないから、しばらく見ないうち、面変《おもが》わりをしたのだろうか。

胸騒ぎがして、お瑛は思わず急ぎ足で後を追った。だがすぐに見失ってしまい、呆然と立ち止まっていると、おかみさーん、というお民の声が人混みから聞こえた。

反射的にお瑛は、声と反対の方へと足を早める。もしはぐれるようなことがあったら、五重塔の下で待ち合わせよう。そう申し合わせてある。

ほんの少しだけ、あたしを一人にしてちょうだい。

お瑛は心の中でそう呟いて、人混みを抜け、逃げるように夕闇の溜まり始めている木立の方へと歩いた。

一人で考えたかった。

まだ十歳にもならない頃から、お瑛はお豊に連れられて、よく笹下屋に行ったものである。それが未来の佳き日《よ》に備え、着々と嫁入り道具を揃えるためとは、その頃のお瑛には考えも及ばなかったが。

そこでいつも顔を合わせたのが、慎之助だった。三つ年上のかれは、まだ下っ端の見習いで、鑿を握るよりお茶出しや飯炊き配膳に追われていたのだ。

その見習いも次第に奥の仕事場に籠ることが多くなり、店ではあまり見かけなくなった。一心に仕事に打ち込んでいると聞いて、声もかけられなかった。

そのお瑛にかれをつなぎとめていたのは、親方の言葉である。親方は時々こんなことを言った。

「慎坊は腕のいい職人になるぞ。お瑛ちゃんの嫁入り道具は、あいつに作ってもらうんだな」

笹下屋は、元禄の頃から続く老舗で、指物職人が十人近くいた。その中で慎之助は、勘の良さと技量で群を抜いているという。あの頃から、将来は笹下屋を背負って立つだろう、と周囲から見られていたのである。

慎さんが、あたしの嫁入り道具を作ってくれる。無邪気にお瑛はそう思って大きくなった。そのせいだったか、そのうち顔を合わせると、わけもなく動悸がするようになり、甘ずっぱい思いが胸にたちこめた。

かれの方も顔が合うと赤くなって姿を消してしまう。そのたびどうしたものかとやきもきさせられたのも、今は懐かしい。

やがてお瑛は、望まれて武家に嫁いだ。

その時すでにお豊は、嫁入り道具のほとんどを笹下屋に作らせ、支度を完了していたのである。

だが嫁ぐ時に、笹下屋の職人たちから、思いがけない祝いの贈り物が届いた。見事な漆塗の、二段重ねの弁当箱だった。

お豊は笹下屋に行くたび、塗りの少し剝《は》げたお重にお握りとおかずを詰めて持参し、職人たちに振る舞ってきたのである。

「親元を離れてるんだから、美味しいものをどっさり詰めておやり」

お豊にそう言われ、せっせとお瑛は弁当作りを手伝った。

それを忘れられなかったかれらは、小遣いを出し合って最高級の桑を仕入れ、手がけたのは慎之助だったという。

大きめの長方形で、飯入れとお菜入れの二段重ね、表蓋《ふた》には百合の花が彫り込まれていた。お瑛はこれを大事にし、花見や紅葉狩りなど特別の日のお重として、こまめに使った。

慎之助とは、あれから一度も会っていないのに、四万六千日の縁日に見かけるとは——。

境内の暗い木立の中で、お瑛は一人、そんな思い出に胸を一杯にさせていた。過ぎたことで、今さら考えたところで、どうにもなりはしないのに。

親方の娘との縁談が進んでいると人づてに聞いていたが、婚家から出戻った時、かれはまだ笹下屋にいて、独り身だった。

今年の初めだったか、遠くからチラと慎之助の姿を見かけたことがある。その時は、そっと手前の横道にそれてしまったが、以前より精悍になったという印象を抱いた。

だが今は、何か深刻な問題を抱えているように、お瑛は感じた。

ぼんやり考えるうち、かれの消息をよく伝えてくれる人物を、思い出していた。あの人なら、何か知っているかもしれない。

占部《うらべ》多聞《たもん》というその浪人者は、慎之助と呑み友達である。

伊勢町の長屋に住んでいて、蜻蛉屋にほど近く、ちょうど帰り道だから、久しぶりに寄ってみようかしらと思いたった。

お瑛は鬼灯の鉢を二つ買った。

雷門を出た時どこか遠くで、喧嘩だ喧嘩だ、という声がし、人の走る足音がした。お瑛はそちらに背を向けて歩きだしてから、五重塔の下でお民と会う約束を思い出した。

2

「あら、まあ……」

お民を先に帰して、長屋の木戸を入って行くや、お瑛は立ち止まった。多門は玄関先に七輪を出し、よれよれの着物を尻にはしょってしゃがみ、魚を焼いているところだったのだ。

網の上には大振りの鯵《あじ》が二匹のっていて、いい具合に煙を出している。頭上の空には、それを狙ってか数羽のカラスが飛び交い、うるさく鳴いていた。

多聞さんが夕飯のお支度……お瑛は少し後じさりした。夕焼け空の赤さが目に沁みた。

「やや、おかみさん、お見苦しいところを……」

かれは気がつき、慌てたように腰を浮かした。そのうらなり瓢簞《ひょうたん》めいた青白い顔に、相変わらず無精髭をはやし、剽《ひょう》げたような笑みを浮かべている。

「いえ、どうぞお楽に。出直しますから」

「なに、構いませんよ。ちょっと食べていきませんか。これは満月の夜の鰺だそうで、旨くはないかもしれんがね」

「満月の夜の鰺……それ、何ですか？」

お瑛は復唱し、目を上げた。

「いや、魚屋が言ったんです。満月の夜に獲《と》れた鰺は不味《まず》いと。おかげで一匹分のお代で、二匹買えましたよ」

「どうして、満月の夜の鰺は不味いのでしょう」

「さあて、魚屋のおやじがそう言うもんで……もしかしたら、産卵の関係かな。ああ、それだ……それに違いない」

そういえば、そんな話を聞いたことがある。たいていの魚は、満月の頃に産卵すると。産卵後の魚は疲れきっており、食すれば不味いだろう。

「なるほど、明るい水面でヒラヒラしてる魚より、海底の暗がりに潜んでる魚のほうが、確かに美味しそうですね」

「ああ、いや、それがしは必ずしもそうは思わんが……」

大役を終えて、力みも慾もなしに冴え渡る月影を楽しみ、天上を夢見ながら波の間に間に漂う魚には、別のうまみがあるんじゃないか……と多聞は言うのである。

お瑛は笑った。

「でも、気のせいか、何だか干涸《ひから》びてるように見えますけど」

むふふ、と多聞は含み笑いをし、箸で魚をひっくり返した。

「鰺からすれば、人間の評価なんぞ知ったこっちゃない。満月の夜に死する、また楽しからずや、てなもんで」

団扇でパタパタ煽ぎながら、ふと鬼灯の鉢に目を止めた。

「や、今日は四万六千日でしたか」

「ええ、お土産を届けに寄ったんですよ」

「いつもすみませんな」

お瑛が鉢を差し出すと、かれは笑顔で受け取った。

数年前、まだ寝込む前のお豊が、家の近くでめまいを起こして倒れたことがある。

その時、通りがかりのこの浪人が背負って家まで連れて来てくれた。それが縁で、付き合いが始まったのだ。

「お瑛さん、ほんとに折角だから試して行きなさいよ。スダチをかけりゃ、満月の鯵だって結構いけますよ」

気がつくと辺りはもう暮色に包まれ、家々にはぼんやりと明かりが灯っている。七輪の炭火がやけに赤々と見えて、魚はこんがりと焼き上がっていた。

「ではご相伴《しょうばん》に与《あず》かります」

お瑛は入り口の上がり框に腰を下ろし、行灯に火を入れる。多聞は二畳ほどの板の間に皿と湯呑み茶碗を並べて酒を注ぎ、ささやかな酒宴が始まった。

占部多聞は三十半ばぐらいだろう。この長屋に住みだしてだいぶたつようだが、どこから来て、どんな事情で浪々の身なのか、聞いたことはない。お瑛が知った時には、この界隈の子どもらに書を教えて、すっかり溶け込んでいた。

町で偶然出会った時など、かれが着流しに脇差しを差しているのを見て、驚くことがある。この人は武士だったのだと。

「先ほど、浅草寺で、笹下屋の慎さんを見かけましたよ」

茶碗酒を付き合いながら、さりげなく言ってみる。

「え、慎さんを……」

少し驚いたように多聞は言った。

「何だか凄く怖い顔をしていなさって。あんな顔で、何を祈願するのかしらね。例のお琴《こと》さんとのお話、どうなったんですか」

「ああ、それね」

多聞は首を傾げた。

「最近またむし返してるみたいですよ」

「やっぱり。いい縁談なのに、どうしてまとまらないのかしら」

うーんとかれは首を傾げた。

「お琴さんだってもう二十歳を過ぎてるしねえ。お琴さんもさることながら、どうやら親方が、慎さんに惚れ込んでるらしいんだが」

「最近、会いなすったんですか？」

「ああ、一ヶ月ばかり前に偶然……」

薬研掘《やけんぼり》の路上でばったり出会ったのだ。お互いに連れはいなかったし、宵の口でもあったから、連れ立って近くの一杯呑み屋の暖簾をくぐったという。

酒が入ると慎之助は、今またお琴との縁談が再燃しているという話をした。ほぼ決まりかけていると。お琴はぽっちゃりとした丸顔の気だてのいい娘だし、彼女を嫁にするということは、笹下屋を継ぐということである。願ってもない目出たい話だが、その割にはどうも、慎之助の様子が弾まない。多聞は思わず訊いてみた。

「おまえ、乗り気じゃないのか」

相手はむっつり押し黙っている。

「誰か別に好きな女でもいるのか」

「いや……」

「じゃあ、何故そんな浮かぬ顔をしておる。こんな幸運はまたとないんだから、早く決めてしまえよ」

「はあ、そのつもりですが」

どうも要領を得ないままに終わったというのだ。

親方から持ちかけられた縁談をもし断れば、かれは笹下屋に居づらくなるだろう。それで断れないのかどうか。

「慎のやつ、職人らしく、強情な男ですからね」

意外な気がした。お瑛の記憶に残っている慎之助は、強情さを見せない、人あたりのいい、およそ指物師らしくない人柄だった。

「でも、それから一ヶ月たつのでしょう、縁談はどうなりました？」

お瑛はわれにもなく好奇心を覚えて、先を促した。

「さあて。どうも何か考えることがあるらしい。押しても引いても煮え切らないんで、親方も手こずってるんじゃないかな」

浅草寺で見た慎之助の険しい顔を、お瑛は改めて思い出す。確かにかれは、変わったのだ。何かあったのに違いない。

二人とも、それぞれの思いに浸って黙々と魚をつついた。そこそこに脂がのってそう不味いとも思えない。

その時、開け放った戸の外に人の気配がした。通りがかりの子どもに家を訊いているらしく、話し声がして、闇に提灯が揺れた。

「もし、こちら、占部多聞さまのお住まいで」

そんな野太い声がして、小肥りのずんぐりした人影が敷居のあたりに立った。上がり框に座っていたお瑛は立ち上がり、素早く茶碗や皿を横に押しやる。

「はあ、それがしが占部ですが」

「手前は笹下屋の与五郎《よごろう》と申す者です。夜分に申し訳もござんせんが、こちらにうちの慎之助がお邪魔しておらんかと……」

はっとして、お瑛は思わず多聞を見た。

この与五郎こそ、〝慎坊は腕のいい職人になるぞ〟と言い続けてきた親方である。指物師でも一目置かれる〝桑物師《くわもの》〟で、人探しなら手代か丁稚をよこせばいい立ち場。自らやって来たことに、お瑛は何かしら胸騒ぎを思えた。

「これはどうも。どうしてここが……」

多聞は居ずまいを正して言った。

「お藤《ふじ》さんに聞きましたんで」

ああ、と多聞は頷いた。お藤は、かれと慎之助が通う呑み屋『藤屋』のおかみである。

「どうしてるかと、われわれも話していたところです。ああ、こちら、式部小路の蜻蛉屋さん」

「や、これはお瑛さん、お久しぶりで。おっかさんはその後、いかがですか」

与五郎に慇懃に挨拶され、お瑛は恐縮したように頭を下げた。

「ご無沙汰しておりまして。母はずっと臥《ふ》せっておりますが、まだまだしっかりしてますよ。それより慎さんなら、浅草寺で見かけましたけど」

「えっ、いつのことで？」

「つい先ほど、そう、一刻ほど前かしら。その話をするために、ここへ寄ったんです。あの、立ち話も何ですから、ひとまずおかけになりませんか」

　入り口に突っ立っていた与五郎は、気がついたように提灯の火を吹き消し、上がり框にどっかと腰を下ろした。

「一杯いかがです」

　多聞が酒を勧めると、手を振って断った。酒も莨もやらないという実直さが、その荒削りなごつごつした風貌に滲んでいる。

「一体どうしたんですか、慎さんは？」

　少し離れて腰を下ろし、お瑛が訊いた。

「へえ、この二、三日ばかり姿が見えないんで。ふだんがふだんでして、へえ、真面目一方の男でしてね、黙って仕事場を休むことなんざ一度もなかったもんだから。いや、まことにどうも内輪の話でお恥ずかしい限りですが」

　親方は、大きな肉厚な手で、大きな顔をひと撫でした。

少し前まで慎之助は、笹下屋の板の間に煎餅布団を敷いて寝ていたが、一人前になった今は、兄弟子と二人で土蔵の二階に寝起きしていた。遊びに出かける時はこの相棒に断って行くのだが、今回は、何も言わないまま居なくなったという。

「何か悩み事でもあったんですか?」

多聞が訊くと、親方は首を振った。

「思い当たるようなことは何も……。逆に占部さまに聞いたら何か分かるかと」

「いや、残念ながら噂には疎《うと》いもので」

それきり多聞は黙ってしまった。

「身一つで出かけたんですか?」

家出では、とお瑛は案じたのだ。

「へえ、ぶらりと出て行った感じでしてね。なに、今日、お瑛さんが浅草寺で見かけなすったんなら、近くにおりましょう。それを聞いて安心しました」

言いながら、親方は提灯に火を移した。

「あれはめっぽう肝の太い男ですからな、こうと思い込んだら手がつけられんところがある。またそうでなけりゃ、仕事も出来んでしょう。いや、お邪魔しました」

立ち上がって二人に丁寧に頭を下げた。

「ま、いずれ帰るでしょうが、何か思い当たることがあったら、笹下屋に知らせておくんなさいよ」

3

そうだろうか。

それだけのことだろうか。

影になった親方の巾広な後《うしろ》姿を見送った時、お瑛の頭の中を、そんな疑念が鋭く駆け抜けた。

めっぽう肝の太い男で、こうと思いこんだら手がつけられない……というが、慎さんはそんな人だったろうか。

浅草寺で見かけた慎之助のあの険しい顔といい、丁稚でも用がすむところをわざわざ親方がお出ましになったことといい、何かしら異常だった。

それも、多聞の住まいをわざわざ『藤屋』に寄って聞いたというのだから、背後に切羽詰まったものを感じずにはいられない。

あれこれ考え合わせるうち、ふと頭の中に閃いたものがある。

お瑛はひょいと着物の裾をつまんで裾高に足に絡げると、前後を考える余裕もなく、
土間を走り出ていた。

「笹下屋さん、お待ち下さい、笹下屋さーん」

息を弾ませて、木戸を出た所で追いついた。

「あ、何か……」

忘れ物でも、という気配で与五郎は振り返り、提灯の明かりを掲げた。

「いえ、すみません、ちょっと聞き忘れました」

「はて、何ですか」

「慎さんは何か持って出ませんでした？」

「え……」

「鑿じゃありませんか。鑿を持って出かけたのでしょう。だから慌てておいでなので
しょう」

はっとしたように、与五郎が身体を固くした気配が伝わってきた。闇の中でその目
が光ったようだ。

一瞬の沈黙のあと親方は呟いた。

「どうして分かりましたかね」

問われてみれば、どうしてだか分からない。お瑛の脳裡には、何の脈絡もなく、一本の鑿が浮かんでいたのだ。

もしかしたら部屋に納まっている髪結い箱や、簞笥のせいかもしれない。お瑛はそれらを時々、その作り手が握る道具を想像しながら見ることがあった。

「うちのお琴も、お瑛さんくらい気働きのする娘だったらねえ……」

親方はよく響く声で笑った。

いえ、お琴ちゃんはいい娘です、慎さんには勿体《もったい》ないくらい、とお瑛は思った。あのお琴を放っておく慎之助を思うと、歯がゆい気がしていた。

「いや、ぶっちゃけ、慎之助のやつ、浅草寺で喧嘩に巻き込まれやがってね、怪我をしたらしいんだが、どこに逃げたか行き先もわからねえとです」

「えっ？」

そういえば境内を出る時、喧嘩だ喧嘩だ……という声が聞こえたのを思い出す。あの時はお民のことで頭が一杯だったが、あれがそうだったのか。

「何があったんですか？」

「相手は吉原の揚屋《あげや》の若え衆だってんだから、察しはつきますわ」

乱闘になりかけたが、近くにいた岡っ引きが駆けつけてきたので、囲みを破って逃げおおせた。だがそれきり本人の行方が分からないという。

「怪我といっても大したこたあなさそうだが……」

吉原……。お瑛はザワリと肌に寒気を覚えた。吉原の若い衆といえば、金で雇われた極道だろう。これは一筋縄ではいかないかもしれない。

「いや、どうも、女にのぼせ上がってるやつは始末におえねえ」

肩を並べて思わず言いかけ、親方はお瑛の気持ちを察したように明るく言い直した。

「ああ、いや心配ご無用で。慎之助だって馬鹿じゃない。なに、そのうち戻って来ますわ」

人通りの多い本町通りまで送ってもらい、別れた。

翌日は晴れて、蟬がうるさいほど鳴く日だった。

朝、室町通りの花屋の屋台まで出かけたついでに、お瑛は、その近くの菓子屋『常陸《ひたち》屋』を覗いた。

暑中伺いはほぼ配り終えたが、まだ二、三軒、保留にしている所があった。お世話になった人はもう他界し、残っているのはなじみのない息子とその嫁……というような家である。

もう打ち切ろうか、今度こそ切ろう、と思いつつずるずる何年かたってしまった。今年こそ止めようと贈答品を用意しなかったら、向こうから届いてしまったのだ。

何か甘いものでも……と物色していると、おかみさん、と背後から呼ばれた。振り返ると、汗を拭きながら立っているのは、いつかのあの蚯蚓《みみず》と呼ばれる千次親分である。

「まあ、お久しぶりですこと」

「今、そこをちょいと通りかかったもんで。今日も暑くなりそうだ」

眉をひそめると、眉間の皺がいっそう深くなる。

「いや、昨夜の浅草はめっぽう荒れましてね、掏摸が二件に喧嘩出入りが二件だ。助っ人に駆り出された上に、知り合いの家の婆さんが行方不明になったと呼び出され、夜っぴてあちこち走り回らされましたよ」

「まあ、じゃ、徹夜でしたか。それはそれは」

「……ったく、呆《ぼ》けの早足、間抜けの早とちりってやつで、いったん見失うとえらいことになる」

お瑛は苦笑した。日頃から皆に、早足、早口、早とちりといわれているのだ。昨日もお民を五重塔の下に置き去りにし、危うく一人で帰って来るところだった。

もう周囲はすっかり動きだしており、とても往来に突っ立って、話し込んではいられない慌ただしさである。

「ちょっと先がありますんで」

会釈して行き過ぎようとしたところを、お瑛は引き止めた。頭の中で素早く思い巡らしたのだ。通油町の笹下屋は、この千次親分のシマではなかったろうか。

「あの、ちょっと笹下屋のことでお訊ねしたいんですが」

「あれ、笹下屋を知っていなさるので？」

「嫁入り道具といえば笹下屋じゃありませんか。あたしだって、わくわくしてお道具を見つくろった時期があったんですよ。最近はとんとご無沙汰ですけど」

「それは失礼しやした」

「あそこの職人の慎之助さん、昨夜はどうなりました？」

ぎょっとしたように千次はお瑛の顔を見返した。

「怪我をしたまま行方不明、と親方が探していましたが」

「ああ、どこに隠れちまったんだか……」

「どうしてそんな怖い人たちに、つけ狙われてるんですか？」

「そりゃ、狙われもしますわ。二、三日前に、吉原の揚屋の旦那を刺そうとしたんですからね。そこの用心棒に、出会っちゃただじゃすまない」

　お瑛は肝が潰れた。

「お金の縺《もつ》れですか」

「借金でしょうな、入り浸ってたそうだから」

　あの慎之助が吉原の妓楼に入り浸っていたなんて。

　豪商ならともかく、まだ三十を幾つか過ぎた一職人が、遊女買いにのめり込むなんて。仮に一晩豪遊すれば、職人の一年分の給金が飛ぶと聞いている。

「その揚屋ってどこなんですか？」

「はて、何といったか。もう火事で焼けちまってるんで」

　かれは少し喋りすぎたと思ったのだろう。眉間の皺を深くして口を噤んだ。

　大通りにはもう、人が激しく往来し、活気がみなぎっている。チリチリ、チリ……と賑やかに風鈴を鳴らして風鈴売りの屋台が通っていく、しゃっこいしゃっこい水……と水売りがその後を追うように通り過ぎ、牛が大きな大八車を引いて通りかかる。

「その職人を見つけたら、ぜひ報せて下さいよ。じゃ、手前はこの辺で」

　取ってつけたように頭を下げるや、かれは急に急ぎ足になって、人混みに姿を消した。

4

薬研堀の柳の木の下に、『藤屋』の軒行灯が出ていた。

暖簾をくぐると、何かを煮こむいい匂いがぷんと鼻をつく。

まだ店を開けて間もないのか、入り口は打ち水でしっとり濡れ、狭い店内には清浄な空気が漂っている。

お瑛は入り口近くに腰を下ろし、狭い店内を見回した。

古びた小さな座敷を、衝立《ついたて》で幾つかに仕切っただけ。壁に、〃火乃要心〃と書かれた札に並んで、〃いかの黒作り〃とか〃冷や奴〃などのお品書きがベタベタ貼られている。まだ客はいない。

カタカタと下駄の音がして、奥から大柄な女が出てきた。女主人のお藤だろう。

色白で太り気味だが、その割に小顔で、化粧の濃い美人である。

胸が大きく、太めの胴まわりを押さえるようにぎゅっと締めた帯は、ぱんぱんに張っているが、紺絣《かすり》の地味な着物のせいで細く見える。高く櫛巻に結った髷の下から、肩に続くむっちりした首筋が、四十を超えた熟女の色気を放っている。

お瑛が一人で座っているのを見て、すでに一杯入っているらしいうるんだ細い目に、微かに怪訝そうな表情がよぎった。

「あら、いらっしゃい。お待ち合わせで？」

酒焼けした低い声で言った。

「いえ、一人です。ここ、多聞さまから伺って来たんですよ」

「ああ、占部多聞さまのお知り合い……」

「住まいが近くなんです」

簡単に自己紹介して、お瑛は続けた。

「升酒を一杯下さいな」

お藤はすぐに升酒と、イカの黒作りと、茗荷《みょうが》の浅漬けの小鉢を盆にのせて運んで来た。

「あの、ちょっと伺いたいんですけど、昨日、笹下屋の親方が来なさったでしょう？」

「ええ」

「実はあそこの慎さんのことで、ちょっと……」

最後まで言い終わらないうちに、お藤は突然がさつな声で笑いだした。

「やっぱり。そうじゃないかと思ったよ。昨日、笹下屋の親方が訪ねてみえたでしょ。店を閉める間際になって、今度は岡っ引きの千次親分が来たじゃないか……。そして今日は蜻蛉屋のお瑛さん。みーんな、笹下屋の慎さんのこと。嫌だよ、ここに何があると思ってんだか」

へえ、蚯蚓の親分も、とお瑛は内心驚いた。

お藤は笑うだけ笑うと、鬢のほつれを指でかきあげて、そばに腰を下ろした。

「慎さんが何をしたというんですかね、大げさに。吉原の若い衆に囲まれたっていうけど、たいした怪我をしたわけでなし。ええ、女郎屋の旦那を狙ったっていうけど、殺したわけでなし。ドジ踏みやがって。馬鹿な男だよ」

貫禄負けして、お瑛は黙ってしまった。

多聞の話では、昔、深川の私娼だったが、どこぞの豪商に引かされて妾となり、その旦那が死んでからこの店を始めたという。

あたしゃ怖いものなんて何もないのさ、というふてぶてしい開き直りみたいものが、その態度にほの見えた。

「いま、どこにいるか心当たりは……？」

「あるわけないだろ。ここにだって、しばらく見えないんで、お見限りかと思ってるくらいだ。仮に知ってたところで、あんたに教えてやる義理なんてないよ」

「………」

「そんな問題を起こして、親方もいい迷惑だろうがね。自分とこの売れ残りのおかめを押し付けようなんて了見だから、天罰が当たったのさ」

思わずお瑛はその顔を見た。この人もしかしたら、慎之助に気があるんじゃないかしら、と思った。だからあたしにも反感をむき出しにするのだ。

その時、客が入って来た。

いらっしゃい、とお藤は立ち上がる。お瑛の訪問を、迷惑がっている様子がありあり感じられた。だがお瑛は、なおも追いすがった。

「あの、すみません、その妓楼の名前をご存知でしょうか？」

「覚えてるもんかね。先月だったか火事で焼けちまったそうだよ……」

ケンモホロロに言ったが、さらにつけ加えた。

「お客として呑むならいいけどね、これ以上、あたしから何か聞き出そうって魂胆なら、これで帰っとくれ」

お藤が行ってしまうと、お瑛は顔をしかめて苦い酒を舐めた。

慎之助や多聞は、一体どこがよくてこんな店に来るのだろうと思う。二人がここで知り合い、時々ここで呑むと聞いているから、ワケ知りの、小粋な女将がいると想像していたのに、とんだおデブの毒婦ではないか。

あのむっちりした脂肪には、男から吸い上げたヤニくさい匂いが溶けている。吐く息には、腐った果物の匂いがしそうだ。あの声は、酒で爛れた喉を、ムリヤリ通ってくる声だ。

あの太った野良猫みたいな女に、あたしには感じられない、何らかのよさを、男たちは感じるというのだろうか。

お瑛の知る限りは恥ずかしがりやだった慎之助や、金も気力もなさそうな多聞が、あの女の毒舌を喜び、罵倒されるために呑みに行くなんて、想像も出来なかった。

升酒を半分呑み残して、お瑛は立ち上がった。

「……あははは、そうかい、お瑛ちゃんがシッポ巻いて退散か」

その後、井桁屋で落ち合った誠蔵は、声を上げて笑った。

「藤屋のお藤姐さん、いい度胸してるじゃないか。面白れえな。幾つくらいなの？」

「ふん、知るもんですか」

お瑛はむくれた。

「百歳と言われても驚きゃしない。腐りかけた果物みたいな、年齢不詳の大年増なんだから。ああ、思い出すのもいや。ここには呑み直しに来たのよ……」

「分かった分かった」

お瑛の話をひととおり聞き終えると、誠蔵は真顔で言った。

「うーん、吉原ならちょいと詳しいぜ」

若い頃、身上《しんしょう》を傾けた吉原の話とあって、誠蔵は思うところがあるらしい。

「吉原って所は、火事がしょっちゅうあるんだ。せっぱ詰まった遊女が、苦し紛れに火をつけるらしい」

そんな話をしてから、きっぱり言った。

「しかし最近、火事で焼けた妓楼といえば『嘉祥楼《かしようろう》』だろうね」

「嘉祥楼？」

「古い揚屋でね、綺麗な子が多かった。主の萬右衛門《まんえもん》は、吉原でも評判の人でなしだ。相当あくどい手を使っていい女を集めるんだろうって……」

「誠ちゃん、そこに通《かよ》ってたんだ」

「若い頃の話さね、今はとんとご無沙汰だけど。ただ、あそこによく上がってた太鼓持ちとはなじみになっている。曙《あけぼの》太夫というんだが、座持ちがいいんで、よく呼んだんだよ……今でも時々、呼ぶことがある」

名案を思いついたようにかれは手を打った。

「もし、嘉祥楼の客について聞きたかったら、その曙太夫を呼んでみたらどうだろう」

「へえ、すぐ来てくれるの？」

「そりゃ、向こうの都合によるけどね。ただ幇間《ほうかん》てのは歩く瓦版《かわらばん》だ、特に嘉祥楼にはずいぶんと入り込んでたようだから、その気になりゃ洒落本の一冊や二冊、書けるんじゃないかな」

今夜のうちに、使いを出して太夫の都合を聞き、明朝知らせるから、と誠蔵は言ってくれた。

翌朝、若松屋の丁稚が誠蔵の伝言を持ってきた。

今日の五つ（午後七時）から半刻（一時間）ばかり、曙太夫の身体が空いているという。お瑛さんさえ都合がよければ、どこかで一席もうけるがどうか、と聞いてきたのだ。

もちろんお瑛は、万障繰り合わせて都合をつけた。

5

「……はいはい、笹下屋の慎之助さんなら、ようく存じあげておりますよ」

浅草の料理茶屋で会った曙太夫は、心得たように言った。

小太りで、皮膚の下から脂《あぶら》が滲むようにてかてか光る顔を、お絞りでしきりに拭く癖がある。

「あのお方、このところ吉原じゃ噂の人ですから。つい先だっても、嘉祥楼の若い衆に狙われて半殺しだったとか」

「半殺し？」

誠蔵は盃を口の前で止めた。

「白髪三千丈の類いじゃあるまいな」

「いえ、とんでもございません、若旦那。横町の番太郎が、珍しくすぐ岡っ引きを呼んだんで命拾いしたんで。そうでなけりゃ、あの四万六千日が命日になったはずでございますよ。若い衆ったってまともな連中じゃない、嘉祥楼の雇った用心棒……まあ、ごろつきですからな」

曙太夫は、誠蔵が若い頃からの付き合いらしく、今もかれを若旦那と呼ぶ。

「慎さんは、大胆なお方だ。その前に嘉祥楼の萬右衛門さんを呼び出して、鑿で突きかかり、あわやグサッ……ってとこで、用心棒に取り押さえられたんですから」

「その理由はお金ですか？」

「いいえ、遊んで借金こさえて、催促した妓楼主をつけ狙うなんてことは、そう多くはございません。皆、分かってやっている。まあ、確信犯ですからな。騒ぎの根本は女の恨《うら》みでしょう」

「太夫、もったいぶらんで早く言え。慎さんは誰に惚れてたんだ」

「ほほ、それですか、ええ……ここ三年ばかり、幾野《いくの》という花魁《おいらん》にぞっこんだったようで。花魁も〝慎さま命〟だったってえから、羨ましいじゃありませんか」

「幾野か……ふーん」

記憶を探るように誠蔵は目を宙に浮かす。いくのの道は遠けれどまだ文も見ず……か、などと呟いて、首を振った。

「残念ながら知らんな」

「いや、別嬪でしたな。色が白くて、顔の中で白い花が重なって咲いているような……。そう、こちらのお瑛さんに少し似てましたかな」

太鼓持ちらしく、同席の女を立てるのを忘れない。

「客あしらいもよかったから、贔屓《ひいき》の客も多かった。あたしらにも心配りを忘れない、そりゃ、いい花魁でしたよ」

お瑛の目に、白い花のような美しい人の面影が彷彿と浮かんだ。あの慎さんにはお似合いかもしれない、と思うと、何だか胸の底から熱く煮えたってくる。

「で、その花魁はどうなったわけ」

少し忌々《いまいま》しそうに誠蔵がせかした。

「誰かに身受けされたのか。それとも火事で焼け出された後、どこかで客を引いているのか」

「それがでございます、若旦那。幾野さんは亡くなったんで」

「亡くなった？」

お瑛と誠蔵は、どちらからともなく顔を見合わせた。曙太夫は懐から出した手拭いで額を拭いて、言った。

「火事の時、土蔵に閉じ込められて……それで亡くなったんですわ」

「土蔵で……蒸し焼きか？」

半信半疑の誠蔵に、太夫は頷いた。

江戸の火事では多くの焼死者が出ているが、中でも遊女の占める割合が少なくなかった。廓に火事が多発するという事情もあるが、半鐘が鳴りだすと、妓楼主は遊女の逃亡を怖れ、土蔵に押し込め外から鍵を掛けてしまうというのである。

「いや、しかし、火事のことは瓦版で読んだが嘉祥楼で花魁が死んだとは、書いてなかったぞ」

「若旦那、そこなんでして……」

曙太夫はあたりを憚《はばか》るように、声をひそめた。

「楼主の萬右衛門さんが、悪い噂のたつのを怖れて揉み消したんです。莫大な金をばらまいて、ひた隠しに隠したんですわ」

「しかし、花魁が焼死したとあれば、ご公儀はごまかせまい」

「おやおや、若旦那らしくもない。相手はご存知亡八《ぼうはち》ですぜ」

太夫は汗を一拭きした。

「亡八たあ何だ」

「亡八とは、孝、悌、忠、信、礼、義、恥、智の八つを忘れるってことでげす。女郎屋の主は、その八つを忘れなくちゃ出来ない商売だってわけで。犬さえ忠を忘れません。人にして人にあらず。人の皮を被《かぶ》った畜生外道……と、いえ、あたしが申すわけじゃござんせん、古来より俗にそういわれておるんですな」

嘉祥楼の主人萬右衛門は、幾野の死は〝自害〟だと申したてたという。

土蔵に〝避難〟させた他の遊女は、風向きが変わると逃げた。幾野が逃げなかったのは自殺行為である。それを土蔵に押し込めて焼死させたなどと噂されては迷惑千万、あの花魁は自害か病死したことにしてほしい――。

そう願い出て、たっぷり金をばらまいたというのだ。

その買収が功を奏してか、土蔵の扉の鍵は開いていた、と証言する町火消しが現れたという。

そうしたことを聞き知った慎之助は、鑿を懐に、家を飛び出したという。

妓楼が燃えたので、居を移していた萬右衛門の寮（別宅）を探し出し、金を払うと言って座敷に上がり込んだ。

かれは萬右衛門と対座するや、そう叫んで突きかかったという。

「天誅《てんちゆう》だ！」

「てめえは天道、人道に背く憎むべき畜生。女郎の生き血を吸い、幾百の客の身上を身ぐるみはぐ害虫だ。焼き殺された花魁の無念を思えば、八つ裂きにしても飽き足らねえが、てめえの返り血を浴びるのも汚らわしい。鑿の一突きで、あっさりあの世へ行けるのを有り難いと思いやがれ」

太夫によれば、慎之助はそのような啖呵《たんか》をきったというのだ。

というのも、萬右衛門が遊女を土蔵で蒸し焼きにしたのは、これが初めてではなかった。四年前の風の強い日、近くの妓楼から出火したが、かれは七人の遊女を土蔵に押し込め、猛火に包まれて全員焼死させたのである。

その時も萬右衛門は、遊女たちを風上の土蔵に〝避難〟させたと言い張った。風向きが変わったため、あっという間に土蔵は火に包まれた。だが扉に施錠していなかったとして、お上の追及を免れたのである。

「慎さん、座敷まで上がり込んだところを見ると、捨て身ですな。退路など考えていなかった。やつを討てたら、我が身はどうなってもいいと考えたんでげしょうな」

「亡八とはよく言ったもんだ」

約束の一刻が過ぎて曙太夫が引き上げてから、誠蔵は腕を組んで呻くように言った。

「入れあげた花魁が、土蔵でむざむざ蒸し焼きにされちゃ、おれでも天誅を加えたくなるだろうな」

おそらくかれは、再びやるだろう。萬右衛門を刺殺するまで、徹底して追い続けるのではないか。お瑛はそんな胸騒ぎがした。

「慎さん、どこに隠れてるんでしょう」

当然、親類縁者や、立ち寄りそうな先には手が回ってるだろう。呑み友達の占部多聞の住まいまで、親方が訪ねてきたのである。

「今はまだ誰を殺《あや》めちゃいないんだし、今なら捕まっても、たいした罪にはならないでしょ」

「それはそうだ」

「早く見つけ出して、止めなくちゃいけないわ。人でなしの亡八のために、大事な一生を台無しにするなんて」

〝慎坊は今にいい職人になるぞ……〟という親方の言葉が浮かんで、お瑛は胸が一杯になった。

あの人はいい職人になるために生まれてきたんだ。どこで掛け違ってしまったか知らないが、軌道を修正しなければならないし、まだ間に合うはずだ。

「お瑛ちゃんの言うとおりだね、どこか心当たりはないの」

「いえ、お付き合いがないもんだから」

首を傾げたお瑛の脳裡に、あのお藤の顔が浮かんでいた。

あの開き直ったような女なら、何も恐いものはなさそうだ。科人《とがにん》が転がり込んで来ても、匿《かくま》うかもしれない。もちろん、その男に気があれば、の話だが。

あの時のお藤の〝お見限りと思ってたのに〟と何げなく言った言葉。初めから喧嘩腰で、迷惑そうだった態度。あれこれ思い合わすと、かれを匿っているような気がしないでもない。

「これから寄ってみたい店があるけど、付き合ってくれる？」

お瑛は言った。

「おう、江戸八百八町の内ならどこでも付き合うよ」

「誠ちゃんが興味しんしんの、あの薬研堀のお藤姐さんよ」


だがその夜、藤屋の軒行灯に明かりは灯っていなかった。

6

その夜――。

表戸を叩く音がしたのは、お瑛が行灯の火を消して蚊帳の中に入り、手足を伸ばした時のことである。どたどたと廊下を走る音が近づいてきて、蚊帳の外でお民の声がした。

「おかみさん、起きて下さい、お客さまです。笹下屋の親方が……」

「笹下屋の親方が？」

この時間に？　嫌な予感がした。

「すぐ行くから、土間で待って頂いて。あ、その手燭は置いてっておくれ」

蚊帳から這い出して髷を整え、脱いだばかりの浴衣に手を通し、帯は手早く簡易結びに引き結んで、中庭をぐるりと囲む廊下をすり足で走った。

与五郎親方は、土間の上がり口に腰を下ろしていたが、お瑛を見ると立ち上がった。

その素早い身のこなしに、何か殺気だったものが感じられた。

「お瑛さん、遅くにすまないね」

「どうなさいました」

「慎之助が見つかった」

「まあ、それはよかった。どこに居たんです？」

「それがちっともよくはねえんでさ、人質を楯にとって、立て籠りやがった」

「ええっ」

お瑛は血の気がひき、足が震えた。

親方の話によると、慎之助は、藤屋のすぐ裏手にあるお藤の住まいに匿われていたというのだ。

ところが今日の夕刻、そこに追っ手が踏み込んだのである。萬右衛門の二十歳になる長男と、数人の屈強な用心棒だった。

慎之助は裏口から逃れ出たが、裏を張っていた手下に見つかって追われ、近くのお堂に逃げ込んだ。その時、組みついてきた息子をお堂の中に引きずり込むや、帯で縛りあげ、鑿を突きつけて籠ってしまったという。

「萬右衛門をここに連れて来い。さもないと、夜明けにはこの若旦那を殺して、おれも死ぬ！」

慎之助はそう叫び続けている。

騒ぎを聞いて自身番の番太郎と岡っ引きが、続いて親方が駆けつけ、かわるがわる説得したが、退く気配はないという。

「もう一刻半（三時間）たってるんですわ」

「一刻半も！」

「おっつけ奉行所から捕り方が駆けつけて来て、捕り物が始まるに違いねえ。その前に何とかしねえことには……」

えらいことになる、という言葉が掠《かす》れた。

「むろん連中が、萬右衛門を差し出すはずはねえ、かといって若旦那を見殺しにも出来ねえってんで、ジタバタしてやがる。こっちはこっちで、生きた心地がしませんや。サイコロが悪く転がって、慎のやつが若旦那を殺め、自害でもするハメになっちゃ、この笹下屋も一巻の終わりでさ」

お瑛は肌に粟《あわ》が生じるのが分かった。

「それであたしに出来ることは」

「お瑛さんに、折り入って頼みがあるんだ。これからあっしと一緒に来てほしい、あんた、慎之助を説得して下さらんか」

「ええっ？」

驚きのあまり頓狂な声を上げた。

「ど、どうしてこのあたしが……」

「お役人が来る前に収めりゃ、咎は軽くてすみますわ。あの若旦那を殺めたところで、何の足しにもなりゃしねえ。捕り手の来る前に、とっととお堂から出ろと言ってやっておくんなせえ。それをあいつに分からせられるのは、お瑛さんしかいねえんだ」

「ご冗談でしょう」

お瑛は震え上がった。

慎さんとはお付き合いも何もないんですよ。昔は知り合いでしたが、この十年、会ったことも話したこともないんです。なまじ、あたしがしゃしゃり出て、賢《さか》しらな道理を並べたあげく、しくじりでもしたらいい物笑いじゃありませんか。

それこそ恥ずかしくて、蜻蛉屋なんてやってられませんよ。

「あたしなんかじゃ、無理だわ。恥をかくだけです、そのくらいなら、多聞さまにお願いしたら如何です？」

「ああ、あのお侍……」

親方は口もとに、皮肉な笑みを浮かべた。

刀をさしているとはいえ、占部多聞は筆しか握ったことがないように見える。書道塾で子どもらに字を教えるだけの、あのうらなり瓢箪めいた顔を思い出せば、誰しも尻込みするだろう。

「ともかくお瑛さん、聞いてほしい、これにはわけがあるんで」

親方は上がり框に座り直し、お民の出したお茶をがぶりと呑んだ。

「慎之助の性格がガラリと変わったのは、他でもない、お瑛さんが嫁に行きなすってからですよ、はい、もう、それははっきりしておるんで。ろくに人の話も聞かなくなり、ただひたすら仕事に打ち込むんで、そりゃあ、腕はめきめき上がりまさあ……。ぜひ婿養子にと、かかあと相談して、話を持ちかけたんだが」

所帯は一生持たずに独り身で通す、と断られた。

親方はかえって心配だった。真面目一方、仕事一筋というのは、先枯れしてしまうことが多い。若いうちに遊び、〝この世の華〟を見ておかなければ、技《わざ》は小さく纏《まと》まってしまう。

縁談は、もう少し世間が分かってからでも遅くはないか、とかれは思った。

「慎を吉原に連れ出したのは、実は、このあっしなんで」

初めて連れられて行った廓は、慎之助に新鮮な刺激を与えたようだ。それからも、かれは時々、ひやかしに行っていたらしいという。

吉原は、金はなくても、遊女が絢爛豪華に居並ぶ見世《みせ》をひやかし歩くだけで、贅沢な気分になれる所だった。

いざ遊ぶとなると法外な軍資金がいる。店が繁盛して、仕事も忙しかったから、花魁狂いなど出来るはずもない。親方の念頭に浮かびもしなかった。

およそ三年近くたった今年の初め、親方はいよいよ婿養子の話を持ちかけた。ところがのらくらと話をかわし、一向に乗って来ないのだ。おや、と思った。そういえば、これまで給金を前借りすることが何度かあったし、仕事を休むこともあった。急に不安になり、念のため調べてみた。そこで初めて、慎之助の吉原狂いを知ったのである。

「幾野という花魁に、のぼせ上がりやがって」

慎之助を呼んで問い糺《ただ》したところ、かれは素直に認め、借金で、身動きがとれない状態にあることも白状した。

「惹《ひ》かれたらとことん溺れっちまう、そういう男なんですよ。そのくせ普段は何ごともない顔をしている。あっしは諭《さと》しましたよ。もう人生の半ばまで来てるのに何のざまァだと。借金は何とか手当してやるから、出世払いで返せ、いい加減に身を固めろ……と」

説得の効き目はあったかに見えたが、どう金を工面するのか、かれの外泊は止まなかった。

考えあぐんだ親方は、密かに幾野と会ったのである。

慎之助の将来を考えて切れてくれるよう、土下座して頼んだ。一悶着あるかと構えていたが、意に反して、幾野は分かってくれ、これからは慎さんに冷たく接し縁を切る、と約束してくれたのだ。

以後、二人の間にどんな物語があったか、親方は知らない。

ただ慎之助はふさぎ込むことが多くなり、吉原通いはふっつりと止んだ。縁談にも、耳を傾けるようになった。

「その矢先でしたわ、あの嘉祥楼の火事騒動は。しかし花魁が亡くなったとは、あっしはつい最近まで知りませんで……」

親方は、肉厚な手で顔をひと撫でした。するとその下から、悔恨に満ちた歪んだ顔が現れたように見えた。

「話を聞いて、思いましたよ。こりゃあ自殺に違いねえと。いえ、萬右衛門の旦那を、庇《かば》う気など毛頭ありませんが。しかし……」

かれは言葉を切った。

お瑛は、胸塞《ふさ》がる思いで次の言葉を待った。

「花魁は、慎之助を遠ざけると約束した時から、死ぬ気だった。あっしにはそう思えてならねえ。そのことを、お瑛さんの口から、言ってやって下さらんか。あれについちゃ、萬右衛門に罪はねえ。この与五郎がそう仕向けたんだと。逃げるために人質が必要なら、若旦那を放して、与五郎を入れろと」

「お引き受け致しかねます」

聞き終えて、お瑛はきっぱり断った。

「これだけ頼んでも……」

「ええ。そんな込み入った話、逆上してる人間にどうやって分からせますか。ここまできたら、もう、何を言っても無駄ですよ」

「お瑛さん、あんたって人は……」

親方は顔を歪ませ、立ち上がった。

「お瑛さんなら……と思ったんだが、無駄足だったか」

「申し訳ございません。ただ……」

お瑛は何ごとか思案するように、上目使いに親方の顔を見た。

「他に手がなければ、ダメモトで、考えがあるにはあるんですが」

「ダメモトってあんた、何を考えていなさる」

飛びつくように、親方は言った。

「ただ、捕り方が到着するまで、あとどのくらいあるか」

「お役人のことだ、そう早くは来ますまい。廻り方だって、たぶん寝入りばなを叩き起こされ、事情を確かめ、お奉行様のお指図を仰いでのことだろうし。あと一刻（二時間）か……」

「一刻ありますか？」

「いや、半刻かもしれない」

お瑛は頷いた。

「それならやれるかも、ええ、やらせて下さい。ただし成功するかどうかは、一か八かの賭けですよ」

「どうするつもりなんで」

「あたし流のやり方です、失敗しても恨みっこなしね」

お瑛はもう立ち上がり、襷がけになっていた。

親方は渋い顔で頷いた。

「では、あと半刻で現場に行きます。すみませんが親方は帰りがけに、多聞さまの所に寄って頂けますか？　至急、蜻蛉屋まで来てくれるよう、伝言を願います」

7

「お民、すぐに竈《かまど》に火を熾《おこ》して」

手拭いで姉さん被りをしながら、かん高い声で言った。

「火が熾きたら、ご飯を炊くのよ。米は三合、硬めに炊いて」

「おかみさん……」

「つべこべ言ってないで、早くおやり。半刻しかないんだ、皆で手分けしないと間に合わない。あたしはお初を起こしてくる」

お初を叩き起こして、ありったけの食材を出すよう命じた。

それから納戸に駆け込み、大事に保管しているあの弁当箱を取り出した。空拭きして磨き上げると、艶やかな見事な漆の色が光り出す。

台所に並べられた食材を睨んで、お瑛は仁王立ちし、これから弁当箱に並ぶお菜を頭に思い描いた。

牛蒡《ごぼう》と蒟蒻《こんにゃく》とシシトウのピリ辛煮。

甘い卵焼き。里芋の煮ころがし。鮭の塩焼き。

それにお初が仕込んでおいた小茄子《こなす》の蓼《たで》漬けと、鮎の南蛮漬け。

お握りは小さい俵型を九個、梅干しを入れ、海苔で巻く。

竹筒に入れるのはお茶でなく、井戸から汲みたてのきりきり冷えた水がいい。

「いい、これだけのものを、四半刻（三十分）で作るのよ」

お瑛は、呆然としているお初とお民に号令した。

「お味はどうでも結構、お芋はゴリゴリでもいい。大切なのは、間に合うこと、蓋を開けた時に美味しそうに見えること！」

料理の手配を終わり、お瑛が着替えをすませたところで、多聞が駆け込んで来た。

「おやおや……」

親方に事情を聞いて、真っ青になって飛び込んで来たのだが、皆が襷がけで炊事をしているのを見て、息を呑んだ。

「お瑛さん、この危急存亡の折に、宴会でもおっ始めるんで」

「お弁当の差し入れです」

「べ、弁当？」

「慎さんは、二刻（四時間）も何も口に入れておりません。おなか空いてるんじゃありませんか。飢えてるから、気が立つんじゃありませんか。今は、水とお弁当の差し入れが何よりかと」

「そ、そりゃごもっともだが、しかし、悠長に弁当食ってる場合じゃ……」

「慎さんは、道理の分からないお人じゃありません。でも、こんな時に、道理が通用するもんでしょうか。女郎屋の主人を差し出さない限り、誰が何を言ってもムダでしょう。死ぬ気なんですよ、あの人は。そこまで追い詰められた人に、理屈が何の役に立ちますか。今は、水と食べ物の差し入れで、気を鎮《しず》めて頂くしかないんじゃないですか」

「ははあ、なるほど」

かれは頷いたが、なお半信半疑な顔である。

「今は逆上して張り詰めてるけど、ほんの一瞬でも風が通れば、気持ちが変わるかもしれません。もし変わらなければ、その時は仕方ない、せめて最後にあたしのお弁当を食べて死んでくれれば本望だと」

多聞は呆れたように肩をすくめた。グルリと竈《かまど》や調理台を見回し、そこに広げてあった弁当箱に目を止めた。

「ほう、これは見事な仕上げだ」

「これは慎さんの作ったお弁当箱です。あたしの結婚祝いに作って下さったんですよ」

「ほほう」

かれは手に取って、弁当箱をためつすがめつした
「なるほど、これに詰めた弁当を届けるのがそれがしの役目ってわけですか。ふむ」

かれはようやく得心したように頷いた。

「お安いご用です。他に、何か手伝うことは？」

「早駕籠を二丁、呼んで待たせておいて下さいね」

8

境内には、幾つもの提灯がざわざわと揺れている。だが御用灯はまだ見えないことに、お瑛は安堵した。

寝そびれた蟬がジジジ……と鳴く、蒸し暑い、風のない夜だった。

「おい、こら、何だ、ここから中へ入っちゃいかん」

お瑛が人混みをかき分けて進もうとすると、岡っ引きが十手でお瑛を押し止めた。

「お通し願います、笹下屋の親方に急用があります、親方はどこですか」

すぐに親方が駆けつけて来た。娘のお琴も一緒で、お瑛の手を取るようにして奥へ導いた。

多聞は片手に提灯、片手に風呂敷包みを下げている。

人群れから抜けて一人お堂に近づこうとしたとたん、ばらばらと屈強そうな男たちが取り囲んだ。嘉祥楼の用心棒らしい。

どうやらお堂を囲む十数人は、笹下屋の職人たちと、嘉祥楼の若い衆で、両者は一触即発で睨み合っているらしい。両者が牽制《けんせい》しているため、ここからは誰も近寄れないのだった。

「おい、何だ、そりゃあ」

「差し入れだ」

「へっ、差し入れだと？　ここで見せろい」

棒を持った若い衆が叫んだ。

「そこをどけ。おまえらに喰わせるために作ったもんじゃない」

多聞が、いつになく腹の据わった声で言う。

「何を、この、ぞろっぺえの薄ら汚ねえサンピンが。侍づらしてのさばりやがっても、勝手はさせねえぞ」

「捕り方が来る前に、決着つけたい。通せ」

「通りたけりゃ、その包みと、腰のものを置いて行きやがれ」

ごろつきどもは、角材で多聞の行く手を遮ってしまった。

多聞は頷いて、おとなしく提灯を下に置いた。腰から鞘ごと刀を抜き、相手に渡すと見せて、やおら角材を叩き落としたのである。

ワッと襲いかかってくる連中を、目にも止まらぬ早業で薙《な》ぎ払い、刀を元に戻す。出来ると見てか、連中は一斉に退《しりぞ》いた。

多聞は黙って提灯を手に取り、お堂に向かって歩きだす。

もう誰も追う者はいなかった。石段の上のお堂は真っ暗で、そこだけ濃い闇が垂れ込めているようだ。

「おーい、慎之助、おれは多聞だ」

石段の下で、ぴったり閉ざされた暗い扉に向かって叫ぶ。

「水を持ってきた、これからそちらへ行くぞ」

「来るな！　萬右衛門を連れて来い！」

掠れかけたしゃがれ声が飛んで来る。

「何だ、その声は。ヘタってるな。水を飲め、冷たい水だ。弁当もある。腹が減っては戦は出来んぞ」

「帰れ帰れ」

「心配するな、毒なんか入っておらん。蜻蛉屋のお瑛さんが作ったんだからな」

「………」

ハッとしたような沈黙が落ちかかる。

多聞は風呂敷をとき、弁当箱を提灯で照らしながら、ゆっくり石段を上がり始めた。

「おれは事情は知らん。おまえが死にたがってるなら、止めはせん。だがせっかくお瑛さんがこしらえたんだ。冥土のみやげに、一口食ったらどうだ」

「………」

「毒味に、おれも付き合うぞ」

お瑛はこの暑い夜気の中、汗ひとつかかず、食い入るようにお堂を見つめ続ける。胸の前で握った手だけがじっとりと汗ばんでいる。

取り巻く群衆も、隣りにいるお琴も、シンとして見守っていた。

少しでもよく見ようと、みな提灯を高く掲げている。だが明かりはお堂まで届かず、石段の上は真っ暗闇だ。多聞の手にした提灯だけが、ぼうっと闇を照らしながら近づいていく。

その明かりが、やがてスッとお堂の中に入って行くのが見え、そのあたりはまた闇に閉ざされる。入ったぞ、と周囲がどよめいた。

お瑛は祈った。多聞が、思いのほか腹の据わった男であり、刀も使えると初めて知った。あれほど堂々としたかれを見るのも、初めてである。

闇を見つめながら、お堂の中で起こっていることを想像した。

慎さんは今、蓋を開けて、中を見ているに違いない。

お菜入れの真ん中は慎さんの大好きだった甘い卵焼き。その隣りは、牛蒡と蒟蒻のピリ辛煮。それから里芋。すべてかれの好物の筈だった。

昔〝皆さんで召し上がれ〟と、お豊が差し出したお重には、かれの好物ばかりが並んでいたのだ。

見て、食べて、思い出してほしい。世の中にはもっと美味しいものも、楽しいこともあるんだってことを。

お瑛は焦っていた。今にも捕り方が来る。

お堂は、御用灯に密密《ひしひし》と取り囲まれ、あかあかと照らし出されるだろう。お堂の周囲は満月の夜のように明るくなるだろう。その中で魚か野獣のように捕獲される慎之助を、あたしは見ることになるのだろうか。

満月の夜に漂う鯵……。

そんな夏の海の光景が浮かんでくる。

でも慎さん、今夜はあんたにとっての、満月じゃない、とお瑛は思う。

ここは死場所じゃない。潔《いさぎよ》く出てきて、もう一度、深海に潜ってほしい。

長い時間がたったように思った。

突然お堂の扉が開き、若い男がよろけ出てきた。

その後に、多聞に付き添われて、両手を掲げるようにして慎之助が姿を現《あらわ》した。ワッと境内はどよめき、すぐに岡っ引きが石段を駆け上がって行く。

明かりに照らされた慎之助の顔を目に収めると、お瑛はそっとお琴から離れて、人混みを門の方へと向かった。やっと門を出た時、遠い闇に御用灯が揺らぎつつ近づいてくるのが見え、太鼓の音が聞こえた。

お瑛は慌てて横町に逸《そ》れる。

それからは下駄を手に取り、裸足で夜の町をひた走った。怖いとは思わなかった。分かってくれた。

慎さんはあたしの思いを十全に受け取めてくれた。

四万六千日のご利益だ、四万六千日のご縁を頂いた、そう思うと、とめどなく涙が流れ、何だか走らずにいられなかったのだ。家に戻った時は亥《い》の刻（十一時）を回っており、全身びっしょりの汗だった。

慎之助が五十叩きの上、半年の江戸払いになったと聞いたのは、四万六千日の鬼灯が、真っ赤に熟れる頃である。

それを知らせに来た親方は、情状酌量の沙汰だと喜んでいた。

無体な行動とはいえ、義憤に駆られてのことだったから、親方やお瑛ばかりでない多くの市井《しせい》の人々から、減刑の嘆願が寄せられたのだ。瓦版などでも書きたてられて共感を呼んだ。

幾野の死の真相は今もって謎だが、逃げれば逃げられた状況にあって、逃げなかったのはほぼ確かなことらしい。

慎之助はすでに、親方が幾野に会って縁切りを強要したことを知らされている。やむを得ないことと、今は許していた。

この先は所払いを契機にしばらく全国を旅し、修業を積んで、何年か後に江戸に戻るという。身を固めるのはそれからだった。

「……あのお堂に入ってから、何と説得しなさったんですか」

占部多聞と会った時、お瑛はおそるおそるそう訊ねてみた。

「いや何も。一緒に弁当食っただけでね」

「お味はどうでした」

「そりゃもう、絶品で……」

「慎さんも食べました？」

「一口、二口……食べたかな」

「で、……何と」

「突然、涙を流し、お堂を出ると言った」

かれは剽げたように笑い、それ以上詳しくは語らない。

せめて弁当箱が返ってきたらよかったが、慎之助はその夜の別れぎわ、弁当箱をお瑛に返さず、預かっていてほしいと頼んだという。今の本人には、とても人に見せられぬ不出来な代物らしいのだ。

「もし生き長らえられたら、納得のいくものを作って、お瑛さんに贈るそうで……」

ふふん、とお瑛は内心笑った。

その弁当箱でご馳走を食べてみたいものね、桜でも賞でながら。その頃あたしが、いいお婆ちゃんになってなければいいけど。

それにしてもよく蟬の鳴く暑い夏だった。

降るような蟬しぐれの中、真っ赤な鬼灯を見ながら、パタリパタリと団扇を使って物思いにふける、人恋しい夏の終わりだった。

時代小説

二見時代小説文庫

迷《まよ》い蛍《ぼたる》　日本橋物語《にほんばしものがたり》2

著者　森《もり》真《ま》沙《さ》子《こ》

発行所　株式会社　二見書房
東京都千代田区神保町一-五-一〇
電話　〇三-三二一九-二三一一［営業］
〇三-三二一九-二三一五［編集］
振替　〇〇一七〇-四-二六三九

印刷　株式会社　堀内印刷所
製本　ナショナル製本協同組合

落丁・乱丁本はお取り替えいたします。
定価は、カバーに表示してあります。

ISBN978－4－576－07178－7
http://www.futami.co.jp/

ちぎれ雲 とっくり官兵衛酔夢剣2
井川香四郎［著］

江戸にて亡妻の忘れ形見の信之助と、仕官の口を探し歩く徳山官兵衛。そんな折、吉良上野介の家臣と名乗る武士が、官兵衛に声をかけてきたが……。

密　謀 十兵衛非情剣
江宮隆之［著］

近江の鉄砲鍛冶の村全滅に潜む幕府転覆の陰謀。柳生三厳の秘孫・十兵衛は、死地を脱すべく秘剣をふるう。気鋭が満を持して世に問う、冒険時代小説の白眉。

水妖伝 御庭番宰領
大久保智弘［著］

信州弓月藩の元剣術指南役で無外流の達人鵜飼兵馬を狙う妖剣！　連続する斬殺体と陰謀の真相は？　時代小説大賞の本格派作家、渾身の書き下ろし

孤剣、闇を翔ける 御庭番宰領
大久保智弘［著］

時代小説大賞作家による好評「御庭番宰領」シリーズ、その波瀾万丈の先駆作品。無外流の達人鵜飼兵馬は公儀御庭番の宰領として信州への遠国御用に旅立つ。

吉原宵心中 御庭番宰領3
大久保智弘［著］

無外流の達人鵜飼兵馬は吉原田圃で十六歳の振袖新造・薄紅を助けた。異様な事件の発端となるとも知らずに……ますます快調の御庭番宰領シリーズ第３弾

暗闇坂 五城組裏三家秘帖
武田櫂太郎［著］

雪の朝、災厄は二人の死者によってもたらされた。伊達家六十二万石の根幹を蝕む黒い顎が今、口を開きはじめた。若き剣士・望月彦四郎が奔る！

二見時代小説文庫

初秋の剣 大江戸定年組
風野真知雄［著］

現役を退いても、人は生きていかねばならない。人生の残り火を燃やす元・同心、旗本、町人の旧友三人組が厄介事解決に乗り出す。市井小説の新境地！

菩薩の船 大江戸定年組2
風野真知雄［著］

体はまだつづく。やり残したことはまだまだある。引退してなお意気軒昂な三人の男を次々と怪事件が待ち受ける。時代小説の実力派が放つ第2弾！

起死の矢 大江戸定年組3
風野真知雄［著］

若いつもりの三人組のひとりが、突然の病で体の自由を失った。意気消沈した友の起死回生と江戸の怪事件解決をめざして、仲間たちの奮闘が始まった。

下郎の月 大江戸定年組4
風野真知雄［著］

隠居したものの三人組の毎日は内に外に多事多難。静かな日々は訪れそうもない。人生の余力を振り絞って難事件にたちむかう男たち。好評第4弾！

栄次郎江戸暦 浮世唄三味線侍
小杉健治［著］

吉川英治賞作家の書き下ろし連作長編小説。田宮流抜刀術の名手矢内栄次郎は部屋住の身ながら三味線の名手。栄次郎が巻き込まれる四つの謎と四つの事件。

間合い 栄次郎江戸暦2
小杉健治［著］

敵との間合い、家族、自身の欲との間合い。一つの印籠から始まる藩主交代に絡む陰謀。栄次郎を襲う凶刃の嵐。権力と野望の葛藤を描く渾身の傑作長編。

二見時代小説文庫

影法師 柳橋の弥平次捕物噺

藤井邦夫［著］

南町奉行所吟味与力秋山久蔵と北町奉行所臨時廻り同心白縫半兵衛の御用を務める岡っ引、柳橋の弥平次の人情裁き！ 気鋭が放つ書き下ろし新シリーズ

祝い酒 柳橋の弥平次捕物噺2

藤井邦夫［著］

岡っ引の弥平次が主をつとめる船宿に、父を探して年端もいかぬ男の子が訪ねてきた。だが、子が父と呼ぶ直助はすでに、探索中に憤死していた……。

夏椿咲く つなぎの時蔵覚書

松乃 藍［著］

父は娘をいたわり、娘は父を思いやる。秋津藩の藩金不正疑惑の裏に隠された意外な真相！ 鬼才半村良に師事した女流が時代小説を書き下ろし

桜吹雪く剣 つなぎの時蔵覚書2

松乃 藍［著］

藩内の内紛に巻き込まれ、故郷を捨て名を改め、江戸にて貸本屋を商う時蔵。春…桜咲き誇る中、届けられた一通の文が、二十一年前の悪夢をよみがえらせる…